江苏省电力作家协会

JIANGSU ELECTRIC POWER WRITERS ASSOCIATION

苏电文丛 第一辑

苏电文丛

愈加明亮的生活

李荣华 著

天津出版传媒集团

百花文艺出版社

图书在版编目（ＣＩＰ）数据

愈加明亮的生活 / 李荣华著 . -- 天津 : 百花文艺
出版社 , 2024.1
（苏电文丛）
ISBN 978-7-5306-8655-3

Ⅰ . ①愈… Ⅱ . ①李… Ⅲ . ①长篇小说－中国－当代
Ⅳ . ① I247.5

中国国家版本馆 CIP 数据核字 (2023) 第 198818 号

愈加明亮的生活
YUJIA MINGLIANG DE SHENGHUO
李荣华　著

出 版 人 : 薛印胜
责任编辑 : 张　雪
装帧设计 : 鸿儒文轩・书心瞬意
出版发行 : 百花文艺出版社
地址 : 天津市和平区西康路 35 号　　**邮编** : 300051
电话传真 : +86-22-23332651（发行部）
　　　　　　+86-22-23332656（总编室）
　　　　　　+86-22-23332478（邮购部）
网址 : http://www.baihuawenyi.com
印刷 : 三河市华东印刷有限公司
开本 : 880 毫米×1230 毫米　1/32
字数 : 145 千字
印张 : 6.75
版次 : 2024 年 1 月第 1 版
印次 : 2024 年 1 月第 1 次印刷
定价 : 48.00 元

如有印装质量问题, 请与三河市华东印刷有限公司联系调换
地址 : 三河市燕郊冶金路口南马起乏村西
电话 : 19931677990　邮编 : 065201
版权所有　　侵权必究

总　序

开拓文学之境，勇攀创作高峰

　　江苏省电力作家协会一次推出十位电力作家的十部文学作品，以文学丛书的宏大气势集中发力，进入社会和读者视野，可喜可贺！

　　这是江苏省电力系统学习贯彻习近平总书记关于文艺工作重要论述和党的二十大报告对文化建设新部署新要求所取得的成果。我们的作家深刻把握新时代文艺工作的定位和使命，增强文化自觉，坚定文化自信，站在为国家立心、为民族立魂、为时代立传的高度，以强烈的历史担当和瑰丽的文学画卷，充分展现新时代的精神图景。从这十位作家的十部不同题材、体裁的作品来看，他们都善于从平凡中发现伟大、从质朴中寻觅崇高、从自己融入人民群众的实践中发现真善美，用情用力地注重作品质量，形象生动地表现时代之美、劳动之美、自然之美、生活之美、心灵之美。品读他们的作品，能够触及作者的心声，感悟作者的心动，体悟作者为职工抒写、为人民抒怀、为事业抒情的生动笔触中的文字之美、语言之美、文学之美。在敬佩之余也深受激励。

这是实施"中国新时代电力文学攀登计划"、奋力推进新时代电力文学高质量发展在江苏电力落地的可喜成果。"中国新时代电力文学攀登计划"旨在不断推出优秀作家的优秀作品。江苏省电力作家协会集中推出十位作家的十部作品，体现了电力团体组织的工作成效，彰显了电力团体作家队伍中个体创作的丰硕成果，彰显了电力团体攀登进取精神。丛书题材、体裁多样，呈现出文学文本的丰富多彩性。小说故事情节跌宕起伏、引人入胜，人物栩栩如生；散文情感细腻、文笔清新，形散而神不散；诗作文采飞扬，飘逸灵动。十部佳作感情真挚，表达精练，文以载道，文以言情，文以言志。就像将各种水果收入果篮那样，一并奉献给读者，使人悦目娱心，精神振奋。值得称道的是，国网江苏省电力公司为江苏省电力作家协会营造了一种积极向上、团结和睦、共同进取的氛围，这种氛围，促进了电力文学的繁荣发展，促进了作家们相互学习、相互交流、相互激励、相互提高。

这套文学丛书的"闪亮登场"，给中国电力作家协会团体会员单位提供了可以效仿的榜样。阅览这十部出自江苏省电力作家之手的作品，不禁被江苏省电力作家协会的"倾情"、十位电力作家的"倾心"所感动：江苏省电力作家协会集中发力，倾情投入，邀请文学界知名作家、评论家、编辑家集中审读研讨、修改打磨书稿，最终推出一套优秀的文学作品，难能可贵。身在江苏省的电力作家肩负重任，一肩挑"本职工作"，一肩担"文学创作"之任务，深扎电力沃土，工作之余伏案笔耕，把自己生活中的积淀、对生活的热爱、生活中的感悟，化为文字，实属不易。组织的关怀、作家的付出都是值得的。

这套丛书为我们电力团体组织带来很大的启示：我们的文学创作者要准确把握时代命题与电力文学的关系，深入电力一线，把自己的思想、情感，同生活、同人民融为一体，做到"身入""心入""情入"，以独特的眼光洞察世事人生，以真挚情感投入作品创作，记录时代巨变、讴歌电力系统取得的成就和职工精神风貌，不断推出反映时代精神的电力题材精品力作，开拓电力文学新境界，攀登电力文学新高峰。这也是新时代对广大电力文学创作者的要求！

一次集中向社会、读者推出十位作家的十部作品，是中国电力作家队伍发展壮大的体现、取得的优秀成果的展示。这也是对中国电力文学、对中国文学的崇高致敬！

潘　飞

中国电力作家协会驻会副主席，《脊梁》执行主编

2023 年 8 月 31 日

代　序

致敬光与创造光的人

读完最后一句话，面对屏幕回味（我看的是书稿的电子版），我觉得这部小说的题目取得太好了。《愈加明亮的生活》——这是回眸瞭望的姿态，这姿态充满温情，有追寻，有欣赏，更有亲近。这些复杂的情感和意味融合一处，像工地上一个汗水淋漓的人，放下手中的工具，回头看一眼自己劳动成果的感觉。这感觉给人安慰和鼓励，让重新操起工具的手更有力量。

李荣华的长篇小说《愈加明亮的生活》以古都县电力发展为历史脉络，通过李新生、李志高和李浩三代人接续奋斗的故事，通过他们各自经历 35 千伏、110 千伏和 220 千伏等级别的变电站建设，展现了电力发展的轨迹，真实还原了一线电力工人的群体形象。小说讲的是电力人的平凡故事，却折射出了时代发展与行业跃迁及生活进步的七彩光华，随着时光流逝，这光华愈来愈明亮，也愈来愈迷人。

光给世界带来改变，通过光来改变世界的人是有个性，有年代感的。作者李荣华将笔墨集中在人物塑造上，笔下的每个人物都和时代风云、行业际遇紧密联系，起伏跌宕，成为各自所处年代的见证者和参与者。新中国成立伊始，李新生放弃了跟父亲学祖传的木匠手艺，改学电工，以自力更生、只争朝夕的奋斗精神建成了古都县第一座 35 千伏变电站。到二十世纪八十年代，李新生的儿子李志高与父亲不同，他从电力学校毕业后，走进电力局大门。此时，时代大踏步向前的步伐，使李志高的故事也变得更丰富起来。他不仅经历和见证了古都县变电站等级的跃升，在退二线工作后，还申请到农村扶贫，用无人机、发电车等现代科技手段，为村民解决了连夜抢收难题。而作为转业军人的李浩，其故事发生在二十一世纪，更多体现于电力为民服务之中。这不仅是小说讲述内容的变化，也反映了电力融入生活的深度与广度。

从李新生到李浩三代人的故事，读者能感受到一代代电力人的创造与奉献。他们以勤劳和智慧推动着所生活的土地的建设和发展，时代的魅力在这些人物身上得到了充分体现。《暴风骤雨》的作者周立波曾经说："一个创作要有说服力（感染力），要感情饱满，要使读者跟着你的笔尖一同跳动和悲喜，你的心，你的感情，就得首先跳动和悲喜。"诚然，作为社会经济发展和满足百姓生活需求的基础设施，电力发展与社会变迁不可分割，写作者必须看到其中的关键联系。李荣华以长期深耕电力的经验和作家的敏感度，抓住了这个契合点，将社会发展、电力变迁和人物命运紧密结合在一起。这种贴近式的描写，让普通的人、日常事物藏起的光，被一点点擦亮，直至见到平凡创造出的星辰大海，即从无到有，从简陋到完善，从完善趋向完美的过程。于是，带光的人创造着光，照亮了深厚而悠长的岁月生活。

作者以身心融入式的视角进行写作，而非旁观式的，读者从阅读中能感受到一种同进退、同悲喜、同爱憎的感情召唤。如此朴素的现实主义创作手法，使读者看到了作者对时代深入而又体贴的描摹，触摸到了深刻的时代烙印。作者描写二十世纪九十年代农村用电紧张时，写到即使举办婚礼，喜宴正热闹也会遇到停电，人们只能点蜡烛照明进行。这样的尴尬，于电力人内心而言是痛苦而不甘的，于社会则同样是阵痛，这是谋求发展的动力，人与社会就这样相互影响，相互推动。

作者将电力人的种种性情熔化到故事生长的肌理里，表现在具体的情节进程中，使作品人物在浓郁的时代背景下，一步步完成人格塑造。通过丰富的情节，展现李新生对掌握电这种神奇新事物的渴望，向工程师王汉民虚心学技术；展现李志高即使受伤也要坚持建变电站的进取，倾心尽力为百姓摆脱贫困办事的朴实性格；展现李浩因为用抢修车帮"三叔"运粮到粮站卖粮遭到举报，含冤受屈中依然坚持善良的为人本色，护送举报人的女儿回家，最后感动了举报人，使一切真相大白。作者通过一桩桩小事，还原他们的血肉情怀，带读者体味建设工地的艰苦、奋斗拼搏的磨难、获得成功的喜悦。可以说，作者写的是三代人，三代电力人都是主角，既是故事的主角，同时是时代的主角。

人物是生活于特定时代的人物，与人物和环境相称的语言成就了作品的真实性。作者写的是一个县城，写的是一群一线电力工人的故事，因此，作家主要采用白描式的语言来讲述。比如，小说中有一段李志高和小钱在八月的夏夜田野散步捉萤火虫，作者写道："可小钱手里没扇子，就以巴掌替代了。她不断地合掌夹击流萤，可机灵的流萤总能在她双手合掌的瞬间逃出她的掌心，就像是被她合掌形成的空气压力挤压出去似的。黑暗中，不断传来她的击掌声、叹息声。李志高全力以赴地捕捉流萤，可是，萤火虫像铁了心似的，不愿轻易地成全他。李志高的掌声响亮，频繁出击，快要与蛙鸣声同频共振了。"在这样淡雅细腻的描述中，人物与环境、人物与人物之间的情色声响都跃然纸上了。而现在城市中，我们已经很少能够见到萤火虫了，作者所描写的情景成为一种过去时的回忆，回忆又成为特定的时空环境，这种时空环境再成为有辨识度的岁月面貌。如此这般，丰富、精彩的细节支撑着小说的故事情节，让主人公的精神在变化的生活中得到精彩呈现。

《愈加明亮的生活》的结构也有独到之处，作者在篇章题目上采用了传统章回小说的形式，全书划分为六个回目，每回以工整的偶句标明，呈现一种汉语的对称形式之美。而在第六回"民意难违鸿门宴　异口同声颂光明"中，作者采用了花瓣式结构，以李浩为核心，让不同的人讲述一个小故事，从不同的角度呈现了电力与生活、电力人与百姓之间的亲密关系。这种组合式的结构精巧中寓变化，与章回间形成了明暗相合的呼应，从中可略见作者写作手法的娴熟与功力之深。

作为一名电力作家，李荣华以设身处地的真诚态度，对所熟悉的电力生活进行挖掘与思考，体现了一个有责任有担当的写作者的历史视角与精神坚守，让人们不仅看见了改变生活的愈加明亮的光，也看见了那群创造光的人，以及光在时代中明亮的回应。

这是时代繁荣发展之景象，鼓舞人心。

是为序。

冷 冰

著名作家，中国作家协会会员

2023 年 9 月 2 日

目录

一、百废待兴先通电　全县首建变电站

　　一场纷纷扬扬的大雪，让大地银装素裹。冬日农闲时，老天爷似乎没有别的事可干了，一味地下雪。地上，皑皑白雪的厚度在不断地增加，但颜色上已白到极致，不再有变化。天空中，大雪仍在前赴后继，纷纷扬扬，而大地上愈来愈安静，大地仿佛裹着雪白的棉被睡着了。

　　深夜时分，李家村里有了一点儿动静，一家紧闭的木门打开了。一个人从风雪中闯进屋里，风雪亦随他不请自来地窜入屋里，使屋里原本温暖的环境起了急剧的变化，首当其冲的是煤油灯里矮小的火苗。先前笔直的火苗，剧烈地摇晃成 S 形曲线，但它婀娜的身段没能维持多久，很快，便夭折了。唯一的火苗熄灭后，屋里立刻陷入一片黑暗之中。

　　"火柴，火柴在哪儿？"

　　母亲在黑暗中摸索着，自语着。不久，屋里又重新亮起来，先是划燃的火柴头儿的亮光，接着，是煤油灯的灯芯被重新点燃。

"楼上楼下，电灯电话。"

母亲点亮了煤油灯后，也恢复了先前轻松的心情。她想起了这句刚学到的新鲜语言。她参加了村里组织的识字班，这是讲课的老师在课堂上描绘明天美好生活时说的一句话。这句话，她最爱听，听一遍便记住了。这句话里蕴藏着无限美好的希望，是老师当时声情并茂描绘的社会主义明天的幸福模样。据老师讲，当美好的社会主义明天来临时，就不会出现夜晚黑灯瞎火的情形了，也不用慌慌张张地向四处摸索火柴来点灯了，只需伸手向墙壁的固定地点拉一下拖线，电灯便亮了。这电灯，风吹不灭，不用加油，特别干净，特别明亮。这情景多么诱人，于家庭生活是多么实用方便啊，以至母亲学一遍便牢记住这句话。每当她在黑暗里四处寻找火柴点灯时，她便自言自语地念叨起来，"楼上楼下，电灯电话"。

"妈，我不想学木匠手艺了。"

"那你想学什么？"

"我想当电工。"

"跟谁学？"

"跟村里王汉民叔叔学。"

中华人民共和国刚刚成立时，家乡面临着百废待兴的局面，地方政府首选办学，县城里兴办第一所县级中学，李新生随父亲在县中工地上做木工活儿。这天晚上收工后，李新生独自一人，偷偷跑回家，就是要告诉母亲自己的这桩心愿。他花了四小时时间，步行将近五十里的夜路，从县城回到乡下家里来，名义上是回家取棉衣。其实，他回来取棉衣只是一个借口，李新生回家的真实目的是，他要告诉母亲，他不愿跟父亲继续学木工手艺了，他想拜工地上王汉民叔叔为师，改行当电工。他曾在父亲面前流露过这想法，当时，就被父亲一票否决了。

李家宝认为儿子跟着自己学木工手艺是天经地义的事。首先，木工是李家祖传的营生项目，在他人面前提起这事，就有一份传承的自豪与光荣，父子俩均有面子。儿子是嫡传，他亲手教儿子木工手艺，儿子便能掌握到木工活儿的精髓。而那电工手艺，可是新生事物，过去，别说儿子李新生不知道有这回事，就是饱经沧桑的李家宝本人，也稀罕这件事呢。在旧社会，他对电仅有的一点儿知识，便是日本鬼子侵略中国时，在家乡县城里建了一座炮楼。那炮楼里有一台发电机。夜晚，每当炮楼里传出轰鸣声时，炮楼的电灯立刻雪亮起来，从炮楼的一个个枪眼儿里，射出一支支利剑似的光芒来。这灯光可杀人，这是李家宝亲眼所见的事实，夜鸟见了这灯光，便不顾性命地扑上去，结果，撞死坠落在炮楼下。当时，老百姓们每见到炮楼里灯光闪亮时，无不胆战心惊。人们预感到，今夜鬼子又要出来作恶了，群魔将从炮楼里出来，到乡下去扫荡，一路上，烧杀抢掠，无恶不作。这炮楼里的电灯光，成了李家宝他们一代人记忆里抹不去的恐怖印记。因此，儿子刚说想当电工，就被他不假思索地拒绝了。他认为李新生干木匠活儿稳当，李新生的爷爷也是木匠，李家三代都是木匠，这样都好。

李新生知道自己说服不了父亲，他就表面上放弃了当电工的打算，可暗地里，他继续观察与羡慕着王汉民叔叔的电工手艺。

真是神奇，两根电线拖到哪里，哪里便是一片光明。见得多了，他当电工的愿望更强烈了。他知道母亲开明，愿意接受新生事物，母亲上了几天扫盲识字班，就从老师那儿学会了"楼上楼下，电灯电话"这句话。这可是与电密切相关的。从母亲时常自言自语的话语里，他认为母亲应该是支持他当一名电工的。毕竟现在，中华人民共和国成立了，老百姓翻身得解放了，现在是人民当家做主的新社会，家庭里也应该如此，儿女们的就业大事，不是父亲一人说了算的。

当然，他冒着大风雪，跑这么远的夜路回来向母亲求助，也是自信有一定把握的。母亲与同村的王汉民叔叔说得上话，凭直觉他认为，母亲与王汉民叔叔关系不一般，只要母亲愿意去找王汉民叔叔，王汉民叔叔肯定会给她面子。

果然，李新生对母亲说出自己欲改行学电工手艺的想法后，母亲听了，呵呵一笑，爽快地答应了他。母亲说，明天她就到城里去一趟，去找王汉民，请求王汉民叔叔收儿子为徒。

"可我和父亲都在工地上呢。若父亲知道了这事，他一定会当场反对，这如何是好呢？"

李新生向母亲说出自己的顾虑。

"这好办，事成之前，我不让你爸知道一丁点儿消息。"

母亲胸有成竹地向他保证。李新生听了这话，才完全放下心来。这时，他高兴得眉飞色舞，他站在母亲面前，双脚一蹬，立定跳高起来。从前，李新生是个孩子的时候，他一遇上高兴的事，也会在母亲面前这般欢呼雀跃。那时，他只能跳到母亲胸前的高度。如今，他跳跃时头早已越过了母亲的头顶，差点撞上小屋的脊梁了，这是李新生感到幸福与快乐时的标志性动作，母亲早已习以为常。现在，母亲见他跳跃起来，也习惯地与孩子一起高兴起来。

"你歇一歇，我去厨房煮一碗热粥给你暖一暖身子。"

母亲边说边端起煤油灯，到厨房为李新生煮粥去了。从堂屋到厨房去，中间有一段露天风雪地的路。母亲刚出门，风雪便吹灭了灯火。她回头进堂屋里点上灯，再走进风雪里，灯又被吹熄了。于是，母亲改变主意，她不再与风雪较劲，放弃了亮着灯走进厨房的打算。只是，她口里又自言自语地念叨起那句充满希望的话来：楼上楼下，电灯电话。她一边念叨，一边将火柴装进口袋里，待她走进厨房里关上门后，又重新点亮煤油灯。

为避免父亲起疑心，李新生喝了母亲为他煮的一碗热粥后，又取了那件唯一的棉衣，然后连夜返回县城。当他到达县中工地上的工棚时，父亲早已睡熟了，他轻手轻脚地在父亲身旁躺下。

第二天早晨，父亲醒来后，第一件事便是问他昨晚去哪儿了？何时回来的？怎么他一点儿都不知道呢。李新生回答说，昨晚与同村人一起逛街，因走得远，回来得就晚了，也没有惊醒已睡着的父亲。父亲听了，并没起疑心。这是常有的事，年轻人精力充沛，一天活儿干下来，却不觉得劳累，晚上会结伴出去游玩。而李家宝在休息时间里，却不能这样安排了，一天劳动结束，他觉得腰酸腿疼，尤其是拉大锯的双臂，晚饭时，手连筷子都拿不动了。晚上，年轻人结伴去逛街时，他从不掺和，但也不反对他们出门玩耍。

第二天，支凤巧到工地来看望李家宝，这完全出乎他的意料。

那时，出行没有公交车，即使骑自行车，也是少数人才享有的特权。通常，只有干部才有一辆公配的自行车，而且，骑这自行车也有严格规定，不能公车私用，不能以权谋私。休说外人，就是干部家属子女也不能擅自骑车，自行车仅供干部使用，这是当时干部身份的一种象征。不用说，支凤巧是起早步行了四个多小时，才走到城里的。一次往返，需步行八个多小时呢。李家宝很感动，老婆跑这么远的路，进城一趟来看望他。他连忙接过她带给他的鸡蛋、红薯等食物。李家宝准备向领导请半天假，陪她在县城里逛一逛。可支凤巧不需要他陪伴，她不让他去找干部请假，说自己就在中学的工地上随意溜达一圈，吃一顿工地上的午饭，下午便赶回去，家里养的鸡与猪，还等着她晚上回去喂食呢。李家宝听了，心中有些疑惑，这四处都堆放着建筑材料的乱糟糟的工地，有啥可看呢？但他想到了工地上有许多来自同村的老乡，她去见一见老乡，与他们说一说家常话，也是人之常情。于是，李家宝继续去干木匠活儿了。

李新生见母亲过来，心里暗暗高兴。他兴奋地意识到，自己的想法正逐步成为现实。可他表面上很镇静，他不想让父亲看出破绽来。他远远地看见王汉民在那间新房子里装电灯呢，就以目光示意母亲往那边走。母亲笑而不语，一路上，她与遇见的熟人都寒暄一番，说两句家常话。她故意地大声说话，使她的声音在工地上传播开来，她不慌不忙地朝王汉民干电工活儿的房间走去。

"哎，这电线排得横竖成行，齐齐整整的，比我们妇女纳鞋底的针线活儿做得还好看呢！"

支凤巧在王汉民身后夸奖他。那时，王汉民正面向墙壁，专心致志地布置墙上的电线呢，他独自一人，安静地干活儿。猛然，听到身有人后说话，他吓了一跳。

"你来这里干啥？"

王汉民转身瞧见是她，便惊讶地问道。

"来看一看李新生他们父子俩的，顺便也来望一望你啊。"

"哈哈！冬天被窝里冷了，想李家宝回去暖被窝了吧？"

王汉民与她说起笑话来。他们是非同一般的老相识，彼此见了面，总喜欢互相打趣。

"那当然。这暖被窝的好事，还能轮到别人吗？"

他们的话语，都暗含着言外之意，因为，他们之间还有一段故事呢。年轻时，王汉民追求过支凤巧，他欣赏支凤巧的伶牙俐齿，支凤巧也喜欢王汉民的机灵，王汉民接受新生事物快，总是一副朝气蓬勃的样子。可支凤巧的婚姻是父母做主的，他们让支凤巧嫁给了李家宝。因为，李家宝是她父母从小看着长大的，父母觉得这孩子不错，而且，李家宝又有家传的木匠手艺，俗话说，荒年饿不死手艺人。而那时，王汉民家是一穷二白的贫农，连一项谋生的手艺都没有，所以，她父母就选择了李家宝当女婿。据说，后来支凤巧将父母做出这决定的理由告诉了王汉民。这极大地刺激了王汉民，那时，王汉民强烈地渴望学一门大有前途的好手艺，他想打一个翻身仗，令支凤巧父母对他刮目相看，让他们在余生里后悔不已。结果，王汉民就当上了一名电工。后来，他就拥有了一辆飞鸽牌自行车，他是全村平民百姓里第一个拥有了自行车的人。虽然说，王汉民的自行车是老村长曾经使用过的二手车，已经很陈旧，属于除了车铃不算响，其他部件都嘎嘎作响的旧自行车。可有与无，是本质上的区别，从县城到李家村，王汉民骑上这辆自行车回家，四十分钟就到家了。王汉民会臭美呢，一个普通老百姓，使用一辆干部弃用的旧自行车，却仍然执行着与干部相同的用车规定，即除了他本人使用外，其他人一概休想骑他的破车，美其名曰"专车专用"，是专门用于干电工活儿的。甚至，人们在路上相遇时，想搭他的顺风车，让他顺带一段路程都不行。他仅仅破例过一次，就是顺带过支凤巧一段路。而且下车时，他郑重其事地对支凤巧说，这回就算了，下不为例。气得支凤巧当场便想骂他两句，但想到他说的也是实话，所以，她选择了忍耐。

"王汉民啊，有一件事，我想请你帮忙。"

"啥事？"

王汉民停下手里的电工活儿，认真地听她说话。他熟悉支凤巧的性格，她是不轻易求人帮忙的，所以他很重视她将要说出的话。

"李新生想跟你学当电工呢。"

"他不是跟着他爸学干木匠活儿，学得好好的吗？"

"可他一心想当电工，已对我说过多遍了。"

"电工有啥好的，你不是就瞧不起当电工吗？"

"你净说瞎话。你当时还不是电工，是我们都结了婚以后，你才学当电工的。你瞧你，如今骑着一辆老远就能听到响声的自行车出入李家村，多威风啊！年轻人虚荣心强，我家李新生非常羡慕王汉民叔叔呢！"

"那等我瞅准机会，与施队长说一说吧。若施队长同意的话，我就通知他过来跟我学。"

王汉民认真地对她说道。

"王大电工，谢谢你啦。"

"不用谢，事情还没成呢。"

"成与不成，是另外一回事。你现在已经答应我给我帮忙，我就该谢谢你啦。"

支凤巧说完这话，又意味深长地看他一眼，看得他心里痒酥酥的。王汉民有一个奇怪的感觉，觉得自己在她面前像个透明人似的，内心里的秘密会被她一览无余。王汉民赶紧低头干活儿，借以避开她的目光，支凤巧从容地离开了王汉民。

她又继续向前走了一段路，又遇上两位同乡，说了一番家常话，那都是虚应的故事了。其实，她此番真实目的已经达到，只不过为了掩盖自己的真实意图，她继续向前，在学校工地上兜了一整圈。当然，她也经过了李新生他们父子俩干木工活儿的地方。她告诉他们，自己现在就要回去了。若回去晚了的话，半夜才能步行到家呢，那样的话，走夜路既不安全，家里要进窝的鸡鸭等，都集中在院子里嗷嗷待食的，等她也等得慌张。李家宝认可她说的话，就没有挽留她。而李新生碍于父亲在场，不便直接询问母亲，但他通过对母亲的察言观色，他觉得母亲已经含蓄地暗示他，事情办妥了。他知道父亲与王汉民虽是同龄人，又是老乡，但是，他们在同一工地上干活儿，互相都不买对方的账。一个认为木匠手艺好，一个认为电工手艺厉害，都在捍卫着自己本职工作的光荣与优越感。母亲知道他们俩是相互排斥的关系，所以，她在李家宝面前刻意隐瞒，不提王汉民一个字。

　　一星期后，李新生又跑回家一趟，这次，他是专程回家向母亲报喜的。原来，施队长对李新生这小伙子印象不错，认为他干活儿勤快，干啥都出色。所以，王汉民对他一提李新生想学电工的事，他就爽快地答应了，将李新生从木工组调到电工组来。这里面，还隐含着施队长的一点儿私心，施队长的女儿与李新生同龄，他心里有意招李新生为自己的乘龙快婿。施队长不仅答应了他，而且还指定王汉民为李新生的师傅，让王汉民多带一带他。施队长再三叮嘱王汉民，水电无情，一定要注意安全。王汉民爽快地答应了施队长，说一定会带好李新生这位徒弟的，既保证他的人身安全，又教他尽快地学到电工知识。

　　施队长亲自跑到木工组去，通知李新生明天到电工组干活儿，那里人手紧缺，急需补充人员。李新生立刻答应了施队长，并真诚地感谢施队长。而李家宝虽感到意外，但出于对领导的尊重，他也口头上谢了施队长。为了孩子的进步，他感谢所有关心与帮助李新生的人。而施队长口里说着不用谢，脚下却走到李家宝身旁，莫名其妙地拍了拍李家宝的肩膀。李家宝有些不知所措地望着他，不知拍他肩膀是何用意，不解施队长为何对他如此亲热，倒像是施队长有求于他似的。

　　做自己喜欢的事，李新生特别地卖力与用心。王汉民向他讲解什么火线进开关，零线不用进；灯具照明有两项电就可以了，而电动机等大功率用电设备则需三项电流齐全才能工作。王汉民说了一遍，李新生就全记住了。王汉民告诉他排线时，要求做到横平竖直，整齐美观。可干完活儿后竟然发现，李新生将电线排列得比他师傅做的还美观好看呢！因为，李新生有做木工活儿的基础，扯惯了墨水准绳，而木工活儿也讲究整齐美观。王汉民见了，索性就将大量布线的活儿都放心地交给李新生去做了。

施队长一天到晚都在工地上一遍遍地巡回督查，在这里对干活儿的人训斥两句，指出其不足之处，督促干活儿人须加倍努力工作；到那边对干活儿人发一通火，指责对方出工不出力，有偷懒的嫌疑，造成施工进度缓慢。他多半表达的是不满情绪，这是常见现象。可他到了王汉民那边，他就改变了态度，变得和蔼可亲起来，像个儒雅的长者。因为，李新生干的活儿，让他十分满意，无须再批评督促。李新生这小伙子真不赖，他干的电工活儿，不但王汉民满意，连施队长这样的外行人，也觉得干得不错。更深层次的原因是，施队长对电工活儿确实不懂，不便多说，说多了容易造成失误。这天下午，施队长来到布线现场，他发现李新生手里的活儿做得很快，已将王汉民远远地甩在后面。他上前一问才知道，原来，李新生想早点干完活儿，步行回家去看望母亲。施队长知道李家村距离县城有五十里路。

"你将自行车借给李新生骑一回，李新生不就能在天黑前到家了吗？"

施队长轻松地对王汉民说道。

若是换了别人，根本就不敢开这口，压根儿就不可能打王汉民自行车的主意。因为大伙儿都知道，王汉民将他的旧自行车当宝贝。但施队长能主动地向他提出借车建议，王汉民可不敢得罪施队长。施队长是个豪爽的人，说话向来是直来直去，有啥说啥，不用隐瞒，或拐弯抹角的。至于发火教训人等，向来都是施队长的拿手好戏，他属于厉害角色。果然，王汉民顺从地听取了施队长的建议，乖乖地将自行车钥匙掏给李新生，让他骑车回家去。

其实，李新生早已偷骑过王汉民叔叔的自行车，而且，已有五六回了，已经学会了骑车。每次他们都是趁王汉民叔叔外出未归时偷骑，年轻人轮流站岗，其中一人在学校场地上练习骑车，在跌倒摔打过多遍以后，李新生已经学会了骑自行车。今晚，李新生名正言顺地骑上了王汉民的旧自行车，一路风风火火地向前，这可将他同伴们羡慕死了。虽然，他们也算会骑车了，但是，他们都是怀才不遇，只能深藏不露，未有当着车主人面公开骑车的机会。而王汉民在目送他骑车出门时，也暗暗吃惊，他心里纳闷，李新生这小子真能干，干啥都行，他一坐上自行车，便能娴熟地骑行。这完全出乎他的意料，似乎，电工都是好骑手呢！

李新生骑得飞快，半小时后，他就到了李家村。母亲见了，也是大吃一惊，她责备孩子说："你在工地上偷偷地骑王汉民叔叔的车也就罢了，你真不该长途骑他的车回来。万一人家王汉民叔叔有急事要用车呢？他发现车不见了，会怎么想呢？"

"妈，这回我是'明媒正娶'的，是王汉民叔叔借给我的。施队长跟他一说，他就同意了，所以，我才骑车回来的。"

"施队长，真是好人。"

"施队长的确是好人，他处处照顾我呢。妈，我肚子饿了，赶快弄些吃的！"

一个月后，施队长经过与家人商量，终于拿定主意，选李新生为乘龙快婿。他悄悄地安排王汉民出面说媒，王汉民此时才恍然大悟，原来如此。施队长一向照顾李新生，也不是无缘无故的。他当然愿意当一回施队长宝贝女儿的媒人。他认为李新生当施队长家女婿，完全属于高攀，是鲤鱼跃龙门了。今后，李新生定会有一个锦绣前程的。在工地上，他们的电工活儿也会沾光，得到施队长的大力支持与帮助。当然，施队长能选中李新生这样的好小伙儿，也是他慧眼识英才，到底是当队长的，果然有识人的好眼力，李新生这小伙子的电工手艺，将来一定是呱呱叫的。而当施队长的女儿施小英一见了李新生，可以用一见钟情来形容，她要找的对象，不就是像李新生这样长得眉清目秀、又有一门好手艺的好小伙儿吗！那个年代，充满正能量的舆论宣传力度特别大，铺天盖地的大标语，都在宣传社会主义建设的新高潮即将到来，已经达到家喻户晓、妇孺皆知的程度。人们深信，随着国家第二个五年经济建设规划的贯彻落实，将来，人民的生活水平，一定是芝麻开花节节高，"楼上楼下，电灯电话"的好日子。而施小英遇见了心上人李新生以后，她认为"楼上楼下，电灯电话"的美好生活，已经向她招手致意了。因为，李新生就是一名电工，正所谓近水楼台先得月。

如果说，在李新生学当电工之初，王汉民还有意无意地端一点儿师傅架子的话，那么，在明确了李新生与施队长是翁婿关系后，王汉民的态度就起了根本的变化，他不但向李新生毫无保留地传授电工技术，在生活上也对李新生嘘寒问暖，时常主动借车给李新生，提醒他多回家去看一看母亲与小英她们。

中华人民共和国成立之初，正是祖国建设跨骏马的飞跃时期。县城第一所中学建成之后，李新生又随施队长他们一起马不停蹄地奔向下一个建设目标，兴建古都县第一座 35 千伏变电站。

李新生刚刚学会安装电灯插座之类的基础电工活儿，很快，又迎来了高压电器知识学习的大好时机。35 千伏高压电路上的电器设备与 220 伏低压电路上的电器设备大不相同。李新生第一次明白，在高压电路上，即使不触碰其电器设备，也可能导致触电事故，必须视电压等级的不同，分别保持半米或四分之一米的隔空距离才安全。李新生兴奋极了，他亦步亦趋地跟在师傅后面，学习高压电器的安装与调试技艺。不过，这时候，他的师傅已不是王汉民叔叔了，王汉民叔叔对古都县首座变电站里高压设备也是两眼一抹黑，完全是门外汉了。因他年纪已大，组织上就没让他参加学习新的电器知识，只是让他发挥他原有的长处，继续安装电灯、布置室内低压线路。而李新生正年轻，学什么都快。他对这位来自北方哈尔滨厂家的高压电器师傅，佩服得五体投地。这些如今很普遍的 35 千伏、10 千伏的电器设备，在当时可是高科技的电器设备。

春江水暖鸭先知。李新生投身到了古都县首座变电站的施工建设中，整天跟在懂得高压电器设备的厂家师傅后面，勤奋地学技术。他身上也潜移默化地起了变化，小英首先发现了这一点，例如：现在他的上衣口袋里，总是插着一支钢笔，装着一本写写画画的练习本。小英打趣他，"你已不是一名电工了，倒像是一位文化人了"。

"对，我现在的奋斗目标，就是当一名有文化的电工。"

"别嚷嚷。你这话只许小声对我说，可不能对王汉民叔叔讲。你晓得这话多刺激人啊，近来，王汉民叔叔心情一直不算好，他素来引以为荣的电工师傅身份掉价了，有了危机感。这阵子，他经常哀叹，人外有人，天外有天呢。"

"当一名有文化的电工，这也是王汉民叔叔要求我的啊。那天，他与我分别时，他认真地对我说，'你要好好学习，争取当一名像哈尔滨厂家师傅那样有文化的电工呢。我老了，不中用了，你要为师傅争光啊'。"

"是的。虽然，他嘴上这么说，可他心里仍有不甘呢。毕竟，在过去山中无老虎时，他是猴子称霸王惯了的。不过，王汉民叔叔对你是真好。"小英动情地说道。

"那当然！要不然他能为我做媒，将如花似玉的小英姑娘介绍给我吗？"

"你真坏！"

一对年轻恋人说着说着，感情逐渐炽烈起来。后来，他们便以亲热的行动替代了语言的交流。

变电站工地上有一台发电机，白天为工地输送动力，夜晚为工地提供照明。哈尔滨厂家师傅围着它转了两圈，称赞说："它真是个好产品。这还是日本人侵略我们中国时，由日本鬼子带过来的，一直使用到今天。瞧，它现在还工作得好好的呢，它一直未被拆封修理过。"

李新生一听说，这是当年日本人侵略中国时使用的东西，他本能地后退两步，与它拉开一段距离。爷爷在世时常讲，日本人坏透了，在我们中国土地上烧杀抢掠，无恶不作。可现在，陈工程师却有意夸奖起日本货来，李新生第一次与哈尔滨厂家师傅产生了意见分歧。

"日本人是坏透了的家伙，你可不能里通外国，讲日本人的好话呀。"李新生认真地对陈工程师说道。

"我是说这日本货好，可没说日本人好。眼下，你们工地上日夜都离不开这台发电机发电呢。"陈工程师辩解道。

"对，对，等将来我们自己能制造出发电机来，就一定砸掉这台鬼子造的发电机。"正巧，张主任与施队长刚走到这里，听了他们的争论后，施队长就说出了自己的意见。张主任是工地上的一把手，施队长的顶头上司，在工地上，他们俩经常走在一起。从朝鲜战场归来的党员突击队队长张大勇，回到家乡后，组织上分配他到供电局工作，到供电局的生产主力单位变电工区当主任，让他带领变电这支队伍，为家乡兴建首座 35 千伏变电站。

"依我说呀，就是将来我们制造出发电机来了，也不要砸掉这台发电机。这发电机本身无辜，它在谁手里，就替谁干活儿。我们不能感情用事，浪费财物。再说，抗日战争期间，我们缴获了大量日本鬼子的枪炮，也都没有砸掉，而是调转枪口打日本人嘛。一首歌中就有这样的唱词：没有枪，没有炮，鬼子给我们造！"

"对，对，还是张主任的见解高明。"

张主任可舍不得砸掉这台发电机，他要求施队长使用与维护好工地上这台唯一的发电机。施队长见风使舵，他听了张主任这番话后，立刻转变立场，当即表示，要像爱护自己的眼珠一样，爱护这台发电机。

张主任的一席话，算是给足了陈工程师面子。他很得意地瞧着李新生。后来才知道，实际上，陈工程师就曾留学过日本，难怪他对日本货有好感呢。

李新生日夜奋战在变电站建设工地上，后来，小英也向父亲主动要求到工地来干活儿。

"这工地上都是既脏又累的活儿，都是男人们干的。"父亲将丑话说在前面，省得她到工地上干了几天活儿，因吃不了苦，又要打退堂鼓。

"别歧视妇女。现在时代不同了，男女都一样。男同志能办到的事，女同志也一样能办到，我们妇女能顶半边天呢。"

真是将门虎女，施队长的女儿，口才也十分了得。这些为妇女撑腰壮胆、大长妇女志气的新社会流行口号，小英一听就明白，一学就牢记，并且，被她广泛运用起来。眼下，就成了她回击爸爸的有力武器。

"好，好，现在是男女平等的新社会，明天你就到变电站工地上去，与李新生他们一样摸爬滚打吧。"

"我今天就去，李新生回来带我一起去呢。"

"原来，你们早商量好了。那你还来请示我做什么？"

"做个形式主义，走个流程。这样，到了工地上，一旦有人问我怎么来的，我就说是施队长招工招进来的。若有人追问的话，我就进一步告诉人家，施队长招工招不到别人了，就将自己的女儿也拉来凑数了。"

"丫头伶牙俐齿的，我说不赢她。"事后，施队长向妻子承认自己的口才不及女儿好，他心甘情愿地认输了。可妻子趁势敲打他："我是旧社会过来的妇女，一辈子低声下气地伺候着你，你都麻木了，以为是天经地义的。可女儿小英不让着你，她是新社会的青年，生活在甜水里，成长在红旗下，当家做主的愿望可强烈呢。以后，你就别用老一套的想法来束缚女儿了。"

"哈哈哈，咱家里也实行民主了，男女比例是一比二，我是输定了。今后，家里事就都由你们娘儿俩说了算吧。"

别看施队长在工地上说一不二，刚正不阿，威严得很，可他回到家里，就成了一个任小英母女俩拿捏的软柿子。他自己也乐得享受她们当家做主带来的好处，极少为家务事操心，他还挺斯文地称这是内外有别呢。

小英在工地上厨房里帮厨，这下向来是开饭时才热闹的厨房一点儿都不冷清了，不时地有人以各种理由到厨房里来走一遭。工地上来了一位漂亮的姑娘，她在厨房里干活儿，这消息不胫而走。很快地，引起了工地上小伙子们的普遍关注，他们比以前进出厨房的次数明显增多了，名义上是讨口水喝，实际上是想多看她一眼，找机会接触小英姑娘。小英姑娘心知肚明，知道他们的干渴症都是因她而起的。但是，她掩住笑容，认真做事，给他们一一倒茶。后来，他们都知道了小英与李新生的恋爱关系，于是，在工地上小伙们中间，一度流行的干渴症，就不治而愈了。唯有陈工程师，他真是一个书呆子，依然我行我素，每天他都要跑到厨房来多遍。

每次陈工程师到厨房里来，小英都放下手里的活儿，热情地接待他。因为，小英知道，李新生正跟着人家学技术呢。每当从陈工程师口中听到表扬李新生学得快、进步明显之类的话，她就打心眼儿里高兴。她主动要求陈工程师将换下来的脏衣服带给她清洗。

"那怎么好意思呢？"陈工程师推让道。

"不妨事的，我每天为李新生洗衣服呢，现成的洗衣盆与肥皂，多洗一两件衣裳也无所谓的。"

小英回答道。陈工程师可老实呢，下次，他再来厨房时，果真带来了刚换下来的几件待洗衣裳。看来，陈工程师钻研技术厉害，但他没有同样地钻研生活。据他说，他的衣服是愈洗愈脏了，因为他每次都洗不干净，慢慢积累起来，现在，衣领的污迹已经去不掉了，他自己都没信心洗了。现在，小英愿意主动帮助他，他对小英挺感激的。第二天在工作现场，他就投桃报李地将自己的技术资料借给了李新生，让李新生带回宿舍慢慢看，但是，他要求李新生一定要保护好这本书，看完了务必要还给他。

李新生喜出望外，他根本没料到陈工程师愿意将这心肝宝贝似的技术书籍借给他。那时，电工技术书籍是稀缺资源，多半是由俄文翻译过来的，极少数人才拥有的。曾有人提出这样的口号："老婆与书籍概不外借。"李新生心里清楚，工地上，学技术的年轻人们都想借到这本书，但是，幸运之神选择了他。李新生回到宿舍里，放下蚊帐，在床上专心学习起来。

水电无情，说的是水能淹死人，电会触死人。为此，民用电照明线路上，必须接入熔丝。一旦事故发生时，能快速熔断电路，起到保护人身与设备安全的作用。这对低电压电路而言是经济实用的保护措施，但对高电压的主变压器与油开关等重要设备而言，则要采用更为复杂高效的保护措施，例如，电流保护继电器，这是当主变内电流异常时能快速断电的保护产品；还有重合闸继电器等。李新生通过书本学习，眼界大开，他隐隐约约地看到了变电站里各项电力技术的大千世界，他发自内心地感激陈工程师，他自愿将这么一本重要的技术书籍借给他。李新生凭借这本非常实用的技术书籍，天天学习进步，不断拉大与工地上同龄人的能力距离。两个月后，经陈工程师提名，张主任任命李新生为变电施工组组长，由他带领工地上的一帮年轻人，边学边干，争取早日建成投运古都县首座35千伏变电站。

这天，李新生从技术资料上看到"差动继电器"一词，可他不能完全理解这段文字所表达的意思，愈是琢磨，疑问愈多。他想到陈工程师此时正在宿舍里休息呢，他便捧着书本去向陈工程师请教。可刚到陈工程师宿舍门前时，李新生尚未进门，他透过窗户，看到了意外的一幕。这一幕，令他大吃一惊，他愣住了，不知如何是好。而恰在这时，室内的陈工程师一抬头，正好看见李新生，便招呼李新生进门。进门后，李新生说明来意，陈工程师听了，便对他详细地讲解差动继电器是怎么一回事。可这一回，不同往常，李新生走神儿了，他一句也未听进去，他的头脑里，完全定格在进门前他所看到的一幕上，那一幕太刺激人了。

原来他刚要进门，只见陈工程师站在床前旁观，而小英则俯身向着床上弯腰忙碌。她又是扑打枕头，又是整理花被套。陈工程师则站立一旁，看着小英为他忙活。他见到窗外的李新生时，便问李新生有何事。这话问得有些反客为主的意思了。仿佛，李新生贸然闯入，打扰了他们俩似的。李新生只好实话实说，说自己看书时，遇到了看不懂的地方，特来向他请教呢。而陈工程师当时的表现，要么是虚伪透顶，要么是书呆子气十足，他竟然就事论事地讲解起技术问题来。尽管，他口称不敢当老师，他们俩共同学习探讨技术问题，可他一拿起书本来，他们俩就是师生关系了，就如同他是满腹经纶的老师，面对着刚入学的小学生了。他口若悬河，滔滔不绝地详细讲解起来，根本没给李新生插话的机会。不过，李新生也没有插话的意思。首先，他就没有听讲，连一句话也没有听进去，他头脑里开小差开得厉害，他十分固执地，反反复复地回想着刚才那一幕。一时间，那一幕，在他头脑里占据着绝对主宰的地位，压倒一切，无论什么事，都比不上它。

小英怎么会跑到他宿舍来？是她主动跑来的？还是他们俩约好的？今天被我撞见了一回，以前没被我撞见时，她来过多少回了？李新生的头脑中一时冒出许多疑问来，但当时，他碍于陈工程师的情面，他竭力克制住自己心里汹涌翻滚的情绪，将脸憋得通红，但他没有发作，始终，一声没吭。

但是，当天晚上，李新生和小英回到宿舍时，他将白天里想到的所有疑问，一个不差地对她一一发问。小英听了，觉得既好气又好笑。可气的是，自己身正不怕影子歪，虽然，她跑到陈工程师宿舍去，可是门没关，窗没闭，她只是热心地帮人家一把，将他该洗的衣物都清理出来，趁着今天是个阳光灿烂的好日子，将它们一一洗了，再及时晒干，缝好被子，套好枕头，这有什么值得大惊小怪的呢？况且自己这么做，还不是为了他，为了他能够学到电工技术。也许，就像自己预想的那样，人家陈工程师这才肯借书与他，才乐意额外辅导他呢，他却蒙在鼓里不知情。可笑的是，李新生这小子真是小家子气，竟然将自己当作他的私人物品一般看管。不过，这倒说明他心里有她呢，珍惜她呢，她这边稍有一点儿的风吹草动的话，他就紧张得如临大敌，草木皆兵了。

想到这儿，她主动投入他怀抱里，身体紧贴着他。她向他吹着气息如兰的耳边风，温柔地对他说："你要加紧学习，争取早日能够独当一面，成为名副其实的电工师傅。到那时候，端茶送水洗衣服等所有事情，我一样也不会为陈工程师服务了，一趟也不去他宿舍了。别人是人走茶凉的，我今晚与你约定，你哪一天能独立工作，无须请教他时，那一日便是陈工程师的茶凉之时，我们要共同努力，争取早日实现这一目标。但现在时机未到，你可不能这样胡乱猜疑，千万不能表现出小家子气来。现场工地上，他是唯一的工程师，万一人家对你搞封锁，不愿辅导你学习，你就无路可走了。现在他若是冷淡你，甚至掐你的脖子，都是举手之劳的事，容易得很呢。"

小英的一席话，让李新生恍然大悟。他责怪自己被感情冲昏了头脑，幸亏她及时提醒，他才悬崖勒马，他意识到自己差点做出不理智的傻事来。李新生紧紧地搂着小英，真诚有力地感谢她。他想不到身材娇小的小英，却是这般有头脑，深明大义，李新生自愧弗如，一时，对她佩服得五体投地。就这样，一场突如其来的感情风波，又被他们悄然地平息了。

这是热火朝天地建设新中国的时代，也是政治挂帅的年代，青年们争做又红又专的革命事业接班人，互相比学赶帮超，蔚然成风。

陈工程师虽是工地上的技术权威，但是他之前工作的厂里也在开展技术革新，陆续地引进新的技术设备，他长时间地待在外面，就会落伍于厂里不断发展的新形势。

最近，他们厂里又从国外进口了一批新设备，需要业务素质过硬的员工全程参与，为日后全面接管做准备。厂里通知他立刻赶回去，参加进口设备的安装与调试工作，他欣然同意，立即收拾行囊，准备踏上归途。

临行前，陈工程师特意找到李新生与他告别。陈工程师叮嘱李新生要将那本技术书籍保管好，在他离开的这段日子，这本技术资料就是李新生唯一的"老师"。

李新生听了，连声感谢陈工程师，并恳请陈工程师在厂里的事忙得告一段落时，再返回工地来，继续指导他们工作，直至工程竣工，陈工程师点头答应。后来，李新生主动叫来小英，他们一起送陈工程师到车站。陈工程师上车后，他们就一直站在车旁，陪伴着陈工程师。汽车启动时，他们与陈工程师挥手告别。

可是，就在汽车缓缓行驶时，陈工程师突然想起一件事，他急忙摇下玻璃窗，摘取李新生别在胸前的钢笔和本子，匆匆地写下两行字，然后将笔和本子抛出窗外，李新生连忙接住。

"这是我的电话号码，一旦工地上遇到躲不开又斗不过的拦路虎时，你就打这电话过来询问我！"

车站上，人声嘈杂，陈工程师大声喊道。

"谢谢陈工程师！"

李新生也大声地回答，同时，他小心翼翼地收存好陈工程师写下的号码。汽车缓缓驶出车站，陈工程师透过玻璃车窗回头望去，只见李新生他们俩依然站在原地，向他挥手道别呢。陈工师心中涌起一股暖流，一种朴素的感情温暖着他。

陈工程师走后，李新生就成了工地上的"土专家"，大伙儿遇到解决不了的技术问题，都来找他商量，寻求解决之道。李新生答复不了时，就小心翼翼地搬出陈工程师借给他的技术资料来，大伙儿共同向书本请教。小英趁机打趣他，眼下，他是山中无老虎，猴子称大王了。李新生比过去忙碌多了，他的身影出现在工地上的每一个角落里，室内安装调试继电器的细活儿需要他，室外安装高压油开关的粗活儿也少不了他。但就在这时，一个意外事件发生了。

当时在室外，他们四人抬着五六百斤重的高压电器设备，新设备从变电站门口包装箱里拆卸下来，被他们小心翼翼地移向位于高压区里的安装地点。李新生双手把握着崭新的高压电器设备，走在前面，他是面向设备退步向前的。为了保持设备的平衡，四人必须用力均衡，李新生一心想着这崭新的设备，不时地提醒大家注意保持平衡，让左边的人用力轻一点儿，或者，让右边的同事再抬高一点儿等等，就是没有稳妥地考虑自己的处境。突然，他一时疏忽了身后新挖的约一米深的电缆沟。他后退到电缆沟处，一脚踏空，身子迅速向后仰去。顿时，设备失去平衡，随他一起滑向电缆沟。在他跌倒的瞬间，凭李新生敏捷的身手，他完全可以做到猛地放手设备，迅速反转过身来，越过电缆沟避免受伤。但是，今天与以往任何时候都不同，今天，他手中捧着的可是"宝贝"，在这一瞬间里，他一反常态地抓紧了手中的设备，他本能地选择保护崭新的高压电器设备，无论如何，也不能让国家财产蒙受损失。就让自己随崭新的设备一起掉入沟底，用自己的身体为它垫一下，起到一定的缓冲作用，让设备尽可能地实现软着陆。

李新生"如愿以偿"地跌入沟底，身体遭受设备与沟底的上下夹击。他一下子一蹶不起，身体不能动弹了。

其他三人见状，迅速跳下沟去，欲搬开压在李新生身上的设备，可他们三人使出了吃奶的劲儿，也没能移开压在李新生身上的设备。他们向周围大声呼救，寻求支援。很快地，附近干活儿的人们停下自己的活计赶来帮忙。大家齐心合力，七手八脚地抬起沟里的设备。当设备被抬出电缆沟来，他们再去拉起躺在沟底的李新生时，众人大吃一惊，他们发现李新生已无法站立了。大家都蒙了，一时不知他伤势有多严重，连他自己本人也不清楚，自己究竟伤到什么程度，而此时他最关心的问题，仍然是新设备。

"设备摔坏了没有？"

"没有摔坏。通过外观检查，没有发现明显的破损地方，多亏了你在下面替它垫了个底，才使设备没受多大冲击，只是蹭破了一点儿箱体的表皮。"

朱群楼绕着崭新的设备，转了两圈。他反复查看后，向李新生报告他的检查结果。

"可惜，弄错了对象，不该是李组长跌入沟里的，应该是你朱群楼跌下沟去垫底。这样，缓冲效果才更好呢！瞧你一身肥膘，胖乎乎的，往沟底一躺，等于铺上一层厚厚的棉垫呢。"

徐学文说话有些刻薄，他一直看不惯朱群楼胖乎乎的富态相，认为他身体肥胖是他在工地上干活儿出工不出力的铁证。徐学文一有机会便讽刺挖苦他，害得朱群楼有口难辩。其实，朱群楼在工地上干活儿是很卖力的，他经常主动包揽工地上的脏活儿、重活儿。干起活儿来，出大力，流大汗，在大伙儿面前，他努力地表现自己，证明自己的体重与勤劳并不成反比关系，希望大伙儿抛弃对他的偏见。无奈，他家族的肥胖基因忠诚得很，无论他怎样卖力地干活儿，就是不能实现减肥目标。朱群楼恨不得能像脱掉棉袄那样，一下子甩掉自己的一身肥膘。

"现在不是开玩笑的时候，赶紧送李新生去医院检查！李新生这一跤跌得可不轻呢，我估计他应该是受了严重的内伤。"

张主任一脸严肃地对大伙儿说道。

"是，是。"

大家都同意张主任的看法，他们小心翼翼地从沟底托起李新生，缓缓地，将他移出电缆沟。这时候，李新生发现自己的身体，的确是出了不小的问题，周身的疼痛，正变本加厉地向他袭来。就这么一道不足一米深的电缆沟，若在平时，他单腿用力，都能从沟底蹦到地面上来，可现在，他刚一抬腿，浑身就难受得如同有无数支钢针一起扎进他身体里似的。

"你胸腔里可能有肋骨断了，不能使劲。你安心地躺着，我们抬着你前行。"

张主任进一步判断说。

医院的检查结论，如同张主任所料，李新生的胸口处一下子断了三根肋骨，另外，还有脚脖扭伤等其他伤情。李新生仗着自己年轻身体好，主要是因为他思想上过于投入，他默认自己是工地上的一号主角，现场施工建设，一刻都离不开他。早上需要他向大伙儿一一分配工作任务。晚上收工时，需要他去逐一地检查验收。一到中午，还有许多工作计划外的事情发生，需要他去协调处理。建设古都县首座 35 千伏变电站，没有一点儿现成的经验可借鉴，全凭他们边干活儿边摸索。所以，李新生进入医院后，也只是想包扎一下，就重返工地的。但是，他草草了事地就诊的想法，立刻遭到大伙儿的一致反对。他们批评他不要命了。而医生的态度最坚决，急诊医生警告他，若是因折断的肋骨刺伤了肺部，极有可能引起化脓感染等并发症。一旦病情产生连锁反应，那时，病来如山倒，就后悔莫及了。小英也跟到医院去了，她听医生这么一说，被吓得当场哭泣起来。

"你是他什么人？"医生问小英。小英低声抽泣着，一直没有说话。而当医生这么问她时，她放声哭泣起来，医生的问话，她不便直答，唯有以哭泣来替代。

医生瞧这情形，估计他俩是恋爱关系，因此，医生没等她回话，就直接严肃地吩咐她："你就在医院里盯着他，要防止他逃跑！"小英含泪答应。

痛定思痛。李新生住院后，安静下来时，他身上的疼痛，像是集中爆发了，就像是于无声处听见了惊雷炸响。他躺在床上一点儿都不能动弹，他做任何一个动作，都会牵一发而动全身地疼痛起来。人在生病时，就有了大量独立思考的时间，就能将一些问题悟透，从而产生新的想法与认识。在李新生受伤卧床静养期间，他忽然明白一件事，即他年过七旬的奶奶，为何时常呻吟不止，如同一位爱唱歌的小女孩，有事没事就哼上两句。原来是老年人身上多病痛，这些慢性病痛，时时刻刻提醒着奶奶，而奶奶对付病痛的唯一办法是，经常像小女孩热爱唱歌那样地哼两声，借以分散对自身病痛的注意力，达到减轻疼痛的目的。眼下，病房里除了小英，没有外人，李新生觉得环境很宽松，他就无所顾忌地哼出声来。据小英说，他在夜晚睡梦中都似这般呻吟，像个年迈的老人似的。直到一周过后，他的呻吟声才渐渐停止。

两周后，李新生从工地来医院看望他的同事口中得知，陈工程师打电话到工地上找过他呢。让他接到消息后，务必要回一个电话过去。李新生听了后，他知道陈工程师准有要紧事与自己商量，就在小英的帮助下，一瘸一拐地到镇上邮局去打了一个长途电话。那时，打长途电话是一件很复杂的事情，首先，得等广播时间结束，因为广播线与电话线是合用的一根电线。在一天三次四小时的广播时间里，再十万火急的电话也休想打出去。其次，打长途电话需要耐心等待，全镇有七八千户人家，而镇上只有一个邮局。打长途电话的人们，得先到邮局的长条凳上，耐心地排队等候。终于，轮到你拨打电话时，也未必是一蹴而就。若是轮到你打电话了，可对方人不在，那就只好重吃二遍苦，重受二茬罪地重新排队等候。

幸运的是，李新生的电话一打就通了，而且就是陈工程师本人接的电话，就像是陈工程师一直在电话那端等待着呢。陈工程师很自信，李新生一定会很快地回电话给他的。他们在电话里久别重逢，两人刚说上话，陈工程师便开门见山地问李新生："这段时间里，现场安装工作可顺利？"陈工程师也是人在曹营心在汉，虽然厂里的新设备令他着迷，可他也没忘记现场安装才过半的变电设备，这里，也是他的责职所在。他心里不踏实，总是牵挂着工地上的李新生他们。

在电话里，李新生对自己受伤的事只字没提，但现场安装工程中磕磕碰碰遇到不少困难，目前是举步维艰的情况，他都向陈工程师作了详细的汇报，并再次恳请陈程师返回施工现场指导。

"若你们工地上能发一道邀请函过来，就说变电站施工建设过程中，遇到了难以克服的困难，现在已经停工，必须要我本人过去一趟，厂里是能开恩放行的。"

"好主意！我马上回去向领导报告。"

李新生放下电话后，就要立刻回到变电站工地上去，当面向领导求情，火速发函邀请陈工程师回到工地来。可他身体上的伤痛，严重地制约着他的行动。现在，就是从镇医院到邮局这一小段路，已累得他气喘吁吁，中途歇了四五回才回到医院的。他回到医院病床上，本想取点衣物就出发的。谁知，他欲再次起身时，却久久地不能重新站立。他口里急嚷着："我要立刻回去！"他心急如焚，焦急之情溢于言表。

小英看在眼里，心里盘算着是否告诉李新生，自己愿意代他回工地去一趟。但她顾虑李新生会不会又犯小心眼儿的毛病。她有些左右为难，怕自己表现得过分热心，反而坏事。况且，自己回去未必能说服张主任发邀请函到对方厂里去的。因此，小英也是心里暗暗焦急，但又不便露出声色，只是在病房里来回走动。

凑巧的是，当天下午，小英的父亲老施来到医院，探望李新生养伤的情况。李新生轻描淡写地告诉准岳父，自己身体正处于康复之中，让他不必挂念。李新生反复地恳请准岳父，让他回到工地后，立刻向张主任请示，务必火速发函邀请陈工程师回来一趟，到变电站工地上来指导变电设备的安装调试工作。老施被他反复叮咛了多遍，临别时，他郑重地向李新生保证："这事我能做主，现在就可以答应你。回去后，我立刻请张主任将盖上公章的邀请函发过去，邀请陈工程师火速返回，请他到工地来帮我们解燃眉之急。"李新生听了，这才露出满意的笑容来。

老施在返回工地的路上显得很开心，他庆幸自己慧眼相中了李新生这样的好后生。他这一决定没错。李新生真是一位好青年，他乐观开朗，一心扑在事业上，老施十分欣赏这一点。

老施回到变电站工地后，果然如他自己所言，他向张主任一说，两人一拍即合，张主任当即打开办公桌的抽屉，拿出公章与纸笔来写函盖章。那时，有文化懂技术的人才十分稀少。无论哪一位领导，都愿意将人才当宝贝对待的，愿意招收到自己麾下来，发挥其聪明才智。

三天后，陈工程师风风火火地赶到工地上。当他第二次来到变电站工地时，虽然间隔了一个月时间，但他却如同阔别多时，现在是久别重逢，他内心里迸发出异乎寻常的热情。在工地上无论遇见了谁，他都是热情地伸出手去，主动地与人家握手招呼。可他此时最想招呼的人——李新生——却不在工地上，这时候，他才知道，李新生受伤住院了。他想立刻去医院探望李新生，可是，他一时无法脱身。这时，张主任迎面向他走来。

他与张主任打招呼时，张主任对他说，你来得正及时，高压区里有一台多油开关出问题了，虽然设备都已安装就位，但就是操作不灵。工人在控制室内操纵低压控制开关时，在室外高压区里的这台油开关却闹罢工了，纹丝不动，横竖不听话。但是工人在高压区现场操作这台油开关时，它倒是听话的，叫它分闸，它就分闸；叫它合闸，它就合闸，不知问题究竟出在哪儿。已经检查了多时，聚集在现场的"臭皮匠们"远远不只三位，但他们始终未能拼凑出一个诸葛亮的智慧来，他们围着这台多油开关反复检查，愣是检查不出问题的根源。

陈工程师听了，没说什么。他随张主任走进高压区里，来到那台多油开关前。他打开上面的控制盒，检查盒里的小线。只见陈工程师用随身携带的小起子，这儿拧一拧，那儿紧一紧，并且逐一核查小线是否接线正确。其间，他将两根小线拆下来，对调一下它们的位置，然后重新接上去，紧固在端子排上。这活儿干完后，陈工程师走向控制室，张主任他们一帮人，也都在他后面跟随着。至此，大伙儿还没看出啥名堂来，他们心里猜不透陈工程师的葫芦里装的是啥药，但很快，大家都恍然大悟了。

只见，陈工程师走进控制室内，径直奔到对应的低压控制开关面前。他轻轻地一拧控制开关把手，室外便传来"轰"的一声巨响，它大声宣告：这台多油开关合上啦！仿佛它在以铿锵有力的机器语言欢迎陈工程师回到工地来，陈工程师才是变电站所有变电设备的真正主人，它们都听陈工程师的话。工地上有了陈工程师，现场所有的变电设备成了一群温驯的羔羊，否则，它们便是一群桀骜不驯的虎狼之辈。

在陈工程师离开的这段日子里，工地上积累了许多这样那样的技术难题，一直忙到晚上，陈工程才清闲下来。他刚下班，便要赶赴医院去探望李新生，可他不熟悉道路。张队长明白他的心思，知道陈工程师需要有人带路，他便对陈工程师提议说："走，我们一起去医院探望李新生！"

"李新生，你看谁来看你啦！"

晚上八时，他们到达医院，小英一见到他们，便惊喜地对已经休息的李新生大声说道。这时，天色已完全黑下来，而病房里也没有点灯，小英边说边摸索摆放在他床头的火柴。一会儿，煤油灯亮了，照亮了陈工程师满是感激的脸庞。李新生惊喜万分，他急忙想坐起身来迎接陈工程师，与陈工程师握手。但很快地，李新生伸出的手又被迫低垂下去，一阵剧烈的疼痛立刻像电流一般，迅速传遍他全身，使李新生脸上惊喜的表情，在瞬间转化为强烈的痛苦。

"你别动！"

陈工程师完全理解他，知道他是由于动作幅度过大，牵扯了一下肋骨断裂的创口处，引起疼痛。因为陈工程师曾骑车摔伤过，也跌断过骨头，他完全理解李新生此时所体验的痛苦。

他们安静了一会儿，耐心地等待李新生缓过劲儿来，待他的痛苦减轻一些才与他说话。李新生尽量克制住自己热烈奔放的情绪，怕再惹起乐极生悲的疼痛。他尽量保持以平和的态度与陈工程师对话，可李新生内心里十分高兴，千里之外的陈工程师，现在终于近在眼前了，他心中积压的技术上的疑团，即将被化解，他在书本上看不明白的地方，也会被迎刃而解。一时，他感到无比快乐。

一个月后，医生禁不住李新生的再三恳求，终于同意他提前出院了。但是临行前，医生反复叮嘱他，上了工地以后，不可干重活儿，不可抢着做事，防止旧伤复发。医生警告李新生，一旦未痊愈的肋骨处再断裂开来，就要重吃二遍苦，重受二茬罪。李新生只是一个劲儿地点头答应。当时，他只要医生许可他出院就行，至于医生说啥话，都是无关紧要的，都可以暂且答应下来。虽然，李新生身在医院里，可他一颗年轻的心，早已飞到了变电站建设工地上，他渴望重新投入热火朝天的变电站建设中。他要赶紧向陈工程师现场请教一系列问题，早日解开纠结在心中多时的疙瘩，他要与大家一起甩开膀子，继续大干起来。

　　曾有人说过一句话，一位科学家抵得上三个师的战斗力，这是突出强调人才的作用，这话一点儿不假。自陈工程师返回工地后，工地上许多技术难题，都迎刃而解，工程建设速度大大加快，仿佛工地上又添了一支建设劲旅。张主任看在眼里，喜在心上。工地上，每月都要召开一次民主生活会，会议内容分两部分，一是总结现场施工的经验教训，以利再战；二是评议施工人员的工作表现，达到鞭策落后表扬先进的目的。这周末，大伙儿面对面评议的对象是陈工程师。提起陈工程师，大伙儿可有话说啦。

　　"陈工程师经常是工地上干活儿干到最后一个离开的。每晚收工时，我去给工地大门上锁时，还见到他独自一人在工地上呢。"

　　看大门的陈大爷是一位老实人，他看见啥就说啥。在陈工程师的批判会上，他第一个发言，将他亲眼所见的陈工程师早上班迟下班的事实，如实地陈述一遍。

　　"陈工程师热心教学呢，我安装室外高压区刀闸时，按照他的指点，不仅安装速度提高了，而且都是一次安装成功，不用反复测试。这一点上，我要感谢陈工程师呢。"

　　接着，朱群楼第二个发言，他也是实话实说。陈工程师重返工地后，他收获不小，都是在陈工程师的指点与帮助下取得的，他真诚地表达了对陈工程师的感激之情。但是，人哪有十全十美的，每个人身上都有不足之处的，陈工程师也不例外。

张主任基于这样的思路，要求大家不要再一个劲儿地表扬陈工程师了，而是要全面客观地评价一个人，实事求是地指出陈工程师身上的一些不足之处来，促使陈工程师进一步提升自己。

大伙儿听张主任这么一说，就都不吭声了。顿时，会场上安静下来。一部分人以为张主任是在鸡蛋里挑骨头，按照这要求，他们无话可讲，选择了沉默。另一部分人则认真地思索如何批评陈工程师，从陈工程师过去的言行里，寻找可以批评他的蛛丝马迹。不久，徐学文举手发言了。

"陈工程师头脑里有享乐思想作祟，这是需要批评指出的。就说一件小事，工地上，大伙儿的脏衣服，都是自己动手洗。可他的脏衣服却扔给别人洗。这就是他的享乐思想在生活中的具体表现。"

小英听了这话，立刻产生了反驳徐学文这种说法的冲动。她认为徐学文将事情说歪了，不是那么一回事。但是，她刚要站起身来时，却被坐在她身旁的李新生阻拦了，李新生站起来替她说道："小英替陈工程师洗衣服，是有这回事。但不是陈工程师主动要求她代洗的，而是我让小英主动去他宿舍拿过来洗的。人家不远千里，跑到我们这儿来，支援我们变电站建设，又没拖家带口过来，帮他洗一两件衣服，解决陈工程师生活方面的困难，是不值一提的小事，根本不能以此理由上纲上线地批评人家。"

"洗衣服是小事。但小事发生后，若不及时加以纠正与制止，任其继续发展下去，就会演变成大事。"

　　徐学文平时就看不惯陈工程师，他认为陈工程师仗着自己懂技术，是工地上的"香饽饽"，尾巴都快要翘上天了。走在工地上，年轻人们都争着与他打招呼，想跟他学技术。可徐学文偏偏不信这个邪，他从不与陈工程师主动打招呼。当他们目光相遇时，徐学文多半是瞪他一眼，意思是：姓陈的，你神气什么？别以为懂点技术就多么了不起！现在，徐学文终于有机会大举攻击他了，这比路上遇见时拿眼瞪他还解恨。徐学文很是兴奋，他越说越来劲儿，深揭猛批陈工程师。一时，他觉得很过瘾。可是，他已经偏向了另一极端，张主任向他迎头泼来一盆冷水。

　　"洗衣服是生活中的小事，可以上纲上线地说是他享乐思想的表现，也可以理解成是我们同事间互帮互助的好人好事呢。他懂技术，教我们干技术活儿，我们擅长洗衣煮饭，就给他提供干净衣服白米饭。工地建设需要我们大家互相帮助与互相支持。现在，大家再想一想，陈工程师有没有别的不足之处，需要我们发现提出，帮他认识与改正错误的？"

　　张主任这么一说，徐学文又开动脑筋，他挖空心思地搜寻陈工程师的不是，他将对陈工程师的直观感受与道听途说的东西，统统想了一遍，逐一回顾。他搜肠刮肚地找碴儿，真的像是在鸡蛋里挑骨头一般。不过，他还真有了发现，他又想起了一件事，可以当作攻击陈工程师的又一颗重磅炸弹。

　　"那一天，工地上来了一个衣着讲究的女人，一看便知她是从大城市来的，她的衣着相貌与我们当地女同志有着明显差异。你说她是你老婆。你们一见了面，在我们工地上，大伙儿都在场呢，你们就来了一个热烈拥抱。这种做法过于开放，别在我们劳动者面前搞卿卿我我那一套。还有，她来了工地以后，做了些什么呢？你们手挽手，走在夕阳西下的田间小道上，将我们农民辛辛劳劳地种出来的庄稼，当成花花草草去欣赏、去指指点点，说说笑笑的。这不是间接地骑在我们劳动人民头上要威风吗？尤其不能容忍的是，走在串场河的小木桥上，你竟然背着她过桥！可你何时见到过在我们当地老百姓当中男的背着女的过桥的？除非是幼儿或是自己生了疾病不能行走的人，否则，都是靠自己双腿过桥的。"

"她一直是在城里长大的，她从未见过农田里生长的绿油油的庄稼，她觉得农民真了不起，庄稼长得比花草还好看，因此，她满怀喜悦地欣赏了。另外，她也未见过这样既狭窄又摇晃的小木桥，她怕过桥时会掉下河去，万不得已，我才背她过桥的。我们打算万一掉下河时，就一起掉下去吧，这是我们夫妻俩的事。"

陈工程师替自己辩解着。可徐学文不依不饶，他对陈工程师继续穷追猛打。

"你们听一听，我们天天行走在这小木桥上的，早已习以为常，它仅仅是一座桥而已。可在陈工程师眼里就不同了，成了他们夫妻俩同甘共苦的地方，可见证与考验他们夫妻俩的爱情呢，他这是享乐思想的自由泛滥啊。"

徐学文上学时，虽说他理科成绩不行，可他的文科成绩不赖，加上他喜欢看文艺书籍，知道的词汇就特别多。只可惜，变电站施工建设现场偏重的是理科人才，他一直是英雄无用武之地。难得地，在这场周末例会上，他可以尽情发挥了。施队长听了，拍手鼓掌，他认为徐学文的这席话应该符合张主任的要求，有了徐学文的发言，这会应该说是开得圆满成功了，现在能散会了。他一心希望早点散会，他是土建的施工队长，现场有那么多土方需要挖掘呢，这可是少挖一锹都不行的活儿，千言万语解决不了一锹泥土，唯有早点儿散会，让大伙儿去干活儿才是。可他女儿不服气。

小英在这工地上，是公开表示自己看不惯徐学文的人，大家都卖力干活儿，徐学文却是投机取巧地少干活儿。说起话来，他倒是一套又一套，夸夸其谈，俨然一副他是工地上最能干的人的样子。另外，徐学文明明知道小英与李新生的恋爱关系，他却仍然对小英暗送秋波，小英一直没理他。现在，他吃不到葡萄说葡萄酸，竟然攻击起陈工程师背着爱人过桥的事来！这是情侣间相互关心爱护的美好感情，岂容歪曲玷污！小英就不放过徐学文。

"你没恋爱过，所以，你不懂得尊重与保护你所爱的人。等你哪天有了对象，你才会理解与尊重陈工程师背爱人过河的举动。"小英不客气地对徐学文说道。

"那是哪天呢？"徐学文厚着脸皮追问。

"一万年太久，只争朝夕吧。"小英以一句伟人语录回答他，大伙儿听得哄堂大笑起来。在那个年代，一字不识的人，却能整篇背诵毛主席语录，普通百姓张口说出一段毛主席的话来，是很平常的事。但妙就妙在，小英在这里引用毛主席的诗文回击徐学文恰到好处，对张口闭口说大话的徐学文而言，真是以其人之道还治其人之身。

"好，今天这会开得很好，有表扬，有批评。会议开得很及时，也很有必要，必将进一步推动我们施工建设的进度。下面，只需将大家的发言记录整理一下，一式两份。一份由我们单位存档，一份邮寄到陈工程师单位去，算是对他们的一个交代。不过，这次会议的记录整理由谁来完成呢？"

张主任见好就收，他就此结束了今天的民主生活会，准备留下一人来整理会议记录，其他人都回去继续干活儿。

"我来！"

徐学文自认为肚里墨水多，他当仁不让地自荐起来，他想逃避工地上的累活儿，抢得这份美差。

"我来！"

李新生也举手抢这活儿干，他倒不是抱着抢美差的目的举手，而是担心由徐学文来执笔，他极可能会乱写，从而对陈工程师产生不利影响。因此，他与徐学文争抢起这活儿来。

"别争了，我来指定吧，就由陈工程师本人执笔，写好后，交给我审核盖章。"张主任一锤定音地说道。

"行。"

陈工程师满怀感激地答应下来。他心里明白，这是张主任照顾与保护自己呢。

这场民主生活会结束后，陈工程师心中悬着的一块大石头落了地，他觉得自己做的事得到了大家的认可，工地上的主流民意还是支持他的。可徐学文感到处境不妙了。他在民主生活会上畅所欲言，将自己心中隐藏多时的恶毒语言全说了出来。但让他始料未及的是，除了陈工程师一人受到他攻击，感到难堪与被动外，其他人都反对他。张主任本意也不想伤筋动骨地批评正在为变电站建设出力流汗的陈工程师，只是该开的会还是要开，给多方一个交待。徐学文通过琢磨与反思，明白了大环境与小气候的关系，他清楚，自己不能再一意孤行了。年轻人适应能力强，徐学文见风使舵，为了避免自己成为工地上的孤家寡人，他对待陈工程师的态度出现了一百八十度的大转变，他开始向陈工程师主动示好。

"陈工程师，你的会议记录整理好了吗？"

三天后，在工地食堂里，徐学文与陈工程师相遇时，他主动询问陈工程师整理会议记录的事。

"工地上事情太多了，我还未能静下心来整理呢。"

陈工程师如实相告。

"我来帮你整理，你放心，包你满意，整理好了，第一个先给你过目。"徐学文说道，陈工程师则瞪圆眼镜后面的一双金鱼眼，他一时弄不明白徐学文葫芦里装的是啥药。三天前的民主生活会上，徐学文激烈反对自己，现在，他竟成了愿意帮助自己的人，这变化也太大了，究竟是真是假呢？陈工程师完全糊涂了。但是，他想到，即使自己写好以后，还要送给张主任审批，交由大伙儿商讨呢。现在，既然徐学文要主动代劳，何不顺水推舟呢！就让他先写了再说。陈工程师考虑片刻后，他对徐学文说："那我先谢谢你，恳求你笔下留情啊。"

"好说，你放心，我也有事求你呢。"

"啥事？"

"你能否将你的工作笔记借给我看一看。"

"可以。小菜一碟，你现在就拿去。"陈工程师说着，从口袋里掏出工作笔记来，递给徐学文。徐学文自是千恩万谢，不在话下。

又过了两日，徐学文整理好会议记录，他信守诺言，将这记录第一个交给陈工程师过目。陈工程师看了，暗暗佩服他的文笔之妙，满纸酣畅的话语，既不违背民主生活会的宗旨，在不痛不痒的地方数落陈工程师几句，却无实质性伤害，又概括出会上大家发言的大意。不过，陈工程师担心，这样一份民主生活会记录交上去，上面领导会认可通过吗？因此，他心一横，索性请徐学文直接去呈报张主任，看他是否同意这份会议记录。

"这是谁写的？"在工地临时办公室里，张主任阅后，首先问徐学文这个问题。

"我代笔的。"

"既然是你代笔的，那么我问你，为何出尔反尔？首先，记录里你就将自己的态度写错了。你在会上说的可是另一番话啊。"张主任直言不讳地说道。

"会上我说偏了，是小题大做，捧着芝麻当西瓜了。这上面写的，才是我要说的真心话，我已重新认识这个问题了，请张主任给我一次改正的机会。"

徐学文诚恳地对张主任说道。

张主任听了，沉思片刻，然后，递了一支烟给他。工地上，谁都知道，张主任是不轻易递烟与人的，他一旦递烟给对方，那就是一项殊荣，是有重要意义的。徐学文双手接过烟来，张主任还划根火柴，亲自给他点烟。小徐激动得手有些颤抖，使他口里的烟头几次与张主任划亮的火柴头对接不上。

终于，徐学文点上烟后，张主任语重心长地对他说："新中国祖国建设百废待兴，重用人才，加快建设步伐才是硬道理。上面要求我们抓革命也是为了促生产啊。你的思想能很快地转变过来，这非常好。希望你努力向陈工程师学技术，学到他的真才实学。这首座35千伏变电站建成以后，将来，会建设古都县第二座、第三座新变电站，要成立古都县供电局，电力事业要大发展。可不能总是去请人家过来当师傅做指导啊，我们要自力更生，要做到离开了人家也能独立自主地建设变电站呢。"

"是的，我懂了，我一定会好好钻研业务技术的。"

徐学文一再向张主任表态，张主任听了很高兴。小徐离开工地临时办公室时，张主任又对他说道："其实，你也算是个人才呢。你的文化水平真不错，可别荒废了。将来，也会派上大用场！"徐学文听了，喜不自胜。只是，他一时尚不清楚，这文化水平能派上啥用场？

陈工程师与李新生重返工地后，变电站建设进度明显加快，通过民主生活会事件，使徐学文等人思想转变过来，工地上形成了一股抓革命促生产的强大合力。比学赶帮超，蔚然成风，连在工地上做后勤工作的小英也感受到竞争带来的巨大动力。这天，小英从陈工程师宿舍的窗前经过时，她意外地发现，徐学文竟然帮着陈工程师打扫卫生呢。后来，小英就此事讽刺徐学文："没技术的人，真是没办法，虽然也是一个大男人，居然也偷偷地帮人家扫地抹桌子呢。早知今日，何必当初呀！"

小英说他是犯贱，与她争活儿干。可徐学文听了并不生气，他认为这是大丈夫能屈能伸的表现，谁叫人家手里有技术呢，只是自己之前思想没跟上，所以才落在李新生他们后面，形成今天这样的被动局面。现在，安装油开关，调试刀闸，工地上的电器活儿，李新生样样都能干，在工地上独当一面，崭露头角。有传言说，将来他会顶替张主任的位置。一旦张主任高升，他空出来的位置，就是李新生的。为此，徐学文心里暗暗着急，他努力与陈工程师搞好关系，尽己所能地钻研业务。但徐学文还是生生地落在李新生与小英他们后面。

不久，陈工程师的爱人再次到工地来探亲。经过上次民主生活会的帮助教育后，陈工程师已经意识到，自己家属来了需要对她约法三章，提醒她务必做到入乡随俗，绝不能做出另类的举动来，引得当地群众议论纷纷。而他自己则深刻吸取上一次的教训，这回，他一不陪她观赏田野，二不背她过桥，有事则让小英去陪她。她们女同志在一起，别人瞧见了，也不会说闲话，但小英因此有了重大收获。

一天，她们俩走在黄昏的田野上，陈工程师爱人对小英说："你为何不学电工技术呢？"

"我怕是学不好，白白浪费了他们的教学时间。"

小英如实相告，其实她也想学，但又缺乏信心与勇气，怕自己学不好，反惹人笑话。

"这要看谁当老师呢。我家老陈教你，包你能学会。"

她之所以这么讲，一是想鼓励小英学习，二是感谢小英这些天来的朝夕陪伴。通过半个月时间的接触，她认为小英是位心灵手巧的好姑娘，应该学一手建设社会主义的真本领。

她回去后，与陈工程师一说。陈工程师说这是个好主意，二次设备调试正缺人手呢。而小英与李新生再在一起时，小英也大胆地说出了自己的想法，想调换工作，干技术活儿去。李新生听了，当即同意。他对她说："如果你真的学会了电工技术，那么将来我们就能比翼双飞了，我们上班时是同事，下班后为夫妻。"

两个月后，当首座变电站胜利竣工时，李新生与小英也准备结婚了。张主任祝贺李新生是双喜临门，因为，古都县首座变电站投运之时，同时也是宣告古都县供电局正式成立之日，张主任成为首任古都县供电局局长，李新生也走上了领导岗位，接替之前张主任的工作，他将带领建设首座变电站的原班人马，马不停蹄地奔向新的变电站施工地点，开工建设全县第二座变电站。在这双喜临门之际，张主任有了一个前所未有的妙想，他要送给李新生与小英这对新人一个天大的惊喜。他招来徐学文，两人密谋良久。此时，徐学文的工作也变动了，已被提升为办公室主任，与张主任的关系也更加紧密了。

当张主任的秘密还未公开时，大家已经是"春江水暖鸭先知"了，从工地上种种不寻常的迹象中就能看出端倪来。变电站里分为生产区与生活区。生产区是生产重地，闲人莫入，任何人员未经批准不可随意出入。可生活区里，却自由轻松得很，许多陌生人自由出入。木工进来做木匠活儿，然后瓦工进来将所有房屋的墙壁粉刷一新，电工则加装了成串的电灯。接着，又搬进来十多张大桌子与凳子，像要办大食堂似的。大伙儿都纳闷起来，这么多桌子与凳子，可同时满足一百多人一起坐下吃饭呢，一下子哪来这么多人呢？很快，谜底揭晓了。

"明晚，是我们变电站双喜临门的好日子。一是古都县首座变电站胜利投运，整座变电站里，将是灯火辉煌，明亮如昼；二是李新生主任的婚礼将在变电站里明亮的灯光下举行，亲朋好友，欢聚一堂。届时，邀请大家全员出席，务必开怀畅饮啊！"

好事成双，在新变电站投运的启动会即将结束时，刘局长大声宣布李新生主任的婚讯。

第二天晚上，李新生与小英双方的亲友们从十里八乡赶到古都县首座变电站的生活区里来，第一次参加在明亮的电灯光下举办的婚礼。盛大的婚礼场面上，处处光明温馨，人人心头明亮喜悦。不用问餐桌上酒菜如何了，单单这一不用添煤油，二无须挑灯花的一盏盏电灯，就深深地震撼了现场的众亲友们。人人都有首次参加电灯光照耀下婚礼场面的兴奋。

银白的电灯光照射进亲友们的心灵深处，使他们不约而同地想起那句话来：楼上楼下，电灯电话。眼前，美好的愿景，真真切切地实现了。亲友们沐浴在明亮的电灯光下，如同走进了神奇的光明宫殿一般。他们发现，电灯光下的婚礼，第一大好处是能够看清楚新郎新娘的幸福表情。小英姑娘的一颦一笑都楚楚动人。第二大好处是在动筷搛菜时方便多了，大人孩子都成了美食的"神枪手"，人人都能百发百中，持筷搛菜，一搛一个准儿。因为在电灯光下，每一粒花生米，每一只鸽子蛋，都能精准定位，半点儿都不含糊。

散席后，他们回到各自的村庄，他们传说着婚礼上的趣闻逸事。而说得最多的当然是这神奇的电灯。仿佛，已有一股无形的电流，流向古都县的四面八方，流向最偏远的乡村，提前实现了村村通电的宏伟蓝图呢。

二、子承父业接力赛　电建更上一层楼

原以为荒野工地上的生活是苦不堪言，没有一点儿乐趣的。但李志高来到工地不久便发现，这里的生活别有一番乐趣，可以苦中作乐呢。

二十世纪八十年代末，古都县开始新建第一座110千伏变电站。这座变电站远离城镇，选址在乡村的一处不长粮食的荒地里。选址在这里，首先是不占用良田，其次是可以减少征地费用。在同等的建设费用情况下，可以多征一些地。在过去计划经济年代，县城里建一座110千伏变电站，简直是天方夜谭，只有在国家实行改革开放后，县城才开始起步建设110千伏变电站。老百姓对新建大变电站的评语很实在，说建一座变电站，就像下小牛犊一般艰难。这是当时农民的通俗比喻，那么大的牛犊，从母体里挣扎出来，当然是很困难的。那时，建一座110千伏电压等级的变电站，从开工结束到建成投运，就需两年多时间，这在今天而言，多数人感到不可思议。但在当年，却是真实无疑的事。因为那时，尚未出现专业的变电站施工建设队伍。建一座变电站，也是供电局从自身各专业抽调检修人员组成临时的建设队伍，而这支拼凑的建设队伍中的各专业人员随时都有可能返回自己的检修岗位，处理日常生产中出现的突发事件。实际上，新变电站的建设是在断断续续地进行的。建设变电站是件苦差事。其现场施工任务重，有限时完成的硬指标，而生活条件又艰苦，周围都是农田荒野，人们干完活儿只能窝在工棚上，无休闲热闹的地方可去。但精力旺盛的年轻人，很快地融入这周围环境中，就地取材，从中找到了乐趣。

李志高是老一辈电工李新生的大儿子，他是标准的电二代，因此，他有机会被推荐进电校读书。他从电校毕业后被分配到古都县供电局工作。此时，李新生已被借调到市供电局去，在上一级平台上，发挥他的长处，专门负责市里新建变电站的基建工作。

可别小瞧李志高是一位推荐上学的中专生，在二百多人的古都县供电局里，他可是"万绿丛中一点红"，是当年唯一分配到局里的中专生。洪局长亲自点名派他到新建变电站工地去，希望他像父辈们一样，在学中干，在干中学，在实践中增长才干。这110千伏帅王变电站，可是古都县供电局电力建设停滞十多年后兴建的首座变电站。全局上下高度重视，派遣局里为数不多的中专生到建设工地上去，实属是好钢用在刀刃上。李志高本人对此也很自豪，他爸参加了全县首座35千伏变电站建设，而他有幸参加全县首座110千伏变电站建设。都说养儿要胜似父，从这变电站的电压等级上就已经体现出来，他比老爸李新生强。李志高每想起这事，就不免心中得意起来。

李志高来到工地后，很快与师傅们打成一片。在白天，无论是技术活儿，还是体力活儿，李志高与师傅们一起逢山开路，遇水架桥，工地上所有活儿，都被他们包揽了；到了晚上，他们就带上自制的夹子去水稻田里抓黄鳝。

110千伏帅王变电站与大片的水稻田相邻，盛夏季节里，水稻田里生活着许多"不请自来"的黄鳝。夜晚时分，黄鳝翻转身来，肚皮向上，大模大样地躺在水底下，鳝头靠着秧苗的根部，如同枕苗而眠。不过，你可别轻视它，以为这是黄鳝疏于防范的时刻，可以唾手可得地逮住它。其实，黄鳝是最狡猾的鱼类，水里稍有一点儿声响，它便闻声而逃，一眨眼便游向水田深处，使你只能站在田埂上望之兴叹。抓黄鳝的新手往往过不了这第一关。其次，逮黄鳝必须用特制的夹子去抓，这夹子由两块竹片在中间处用螺栓固定住，合上时，就像一片竹板；分开时，则呈X形，两手握住X的上头两端，用下面两端去夹击黄鳝。夹的时候必须做到一下子夹住黄鳝的身躯，使黄鳝在夹口上百般挣扎却无法脱身。若是一夹不中，第二次再去夹它时，它早已逃之夭夭。另外，纵使你一夹即中，抓住了黄鳝，还有一个恰当地用力的问题：夹紧了，黄鳝活不长；夹松了，黄鳝会溜掉。张师傅是逮黄鳝的高手，他能做到百夹百中，而且，他带回来的都是活黄鳝，一晚上下来，能逮十几斤黄鳝呢。

李志高作为工地上为数不多的知识分子，他对师傅们的尊敬，起初只是停留在口头上，甚至是无可奈何地敷衍他们，心里却并不服气。因为，他心里明白，师傅们力气虽然很大，而文化水平却不高，在这一点上，李志高在他们当中是"鹤立鸡群"。李志高毕竟年轻，刚从学校出来走上工作岗位，他心中难免有些飘飘然的感觉，以为这帮大老粗们，除了工龄长力气大以外，别无可取之处。但通过夜晚抓黄鳝的活动，使他长了见识，他认为，张师傅娴熟的捕捉技巧，是由长期实践得来的。张师傅精准的夹击手法令他着迷。

　　第二天，在工地上干活儿时，他看着师傅们手里的粗活儿，便有些刮目相看了，他意识到，原来，师傅们是粗中有细，在关键时刻，只有他们能处理得好，不服不行。例如，那一组组 35 千伏刀闸就是师傅们安装的，都是一举成功。在下面操作把手转上一百八十度时，位于头顶上方的刀闸动静触头便完美吻合。而李志高自己安装的同型号刀闸，虽然在安装过程里也是用刻度尺量，用游标卡去卡角度，精确到毫米，凡是学校里老师教的，能够运用的手段，都已经不遗余力地使用上了。可上面的刀闸动静触头就是不听话，要么合闸不到位，要么合过了头。李志高仰望着头顶的刀闸，觉得自己已是黔驴技穷了，回忆自己的安装过程，实在是自查不出错误之处，自己的安装过程应该是无懈可击的。仿佛，错误的是刀闸动静触头，它不应该不听话。就这样，身旁的师傅们，已经三组刀闸安装调试完毕，李志高还在第一组安装的刀闸下磨蹭着。张师傅来到他身边，给予他一回帮助。只见，张师傅站在刀闸下，仰起脸，眯细眼，迎着阳光，观察了一会儿，像是在目测与心算着距离和角度。然后，动手干活儿，将李志高精心安装的操作机构部分，三下五除二，粗暴无情地大卸八块，等于是彻底否定了李志高干了半天的活儿。重新安装时，张师傅一不用尺，二不使游标卡。就这么估算着，两手比画着，很快地将操作机构重新安装完毕。结束后，他也不仰起脸来再瞧一瞧上方的动静触头位置。张师傅仍低着头，只是，口里说一声："好了。"

李志高半信半疑地走上前去，用力拉动操作把手。奇迹发生了。头顶上方的刀闸动静触头顿时完美结合。不多一点点，也不少一点点，恰到好处。动触头主动咬合着静触头，如热恋中的男女，甜蜜地拥吻在一起。李志高当时见了，对张师傅真是佩服得五体投地。他的心里第一次对师傅们拥有的实际工作经验起了敬畏之心。

工地上休息的时候，李志高到工地食堂去，取来热水瓶，恭恭敬敬地为现场师傅们倒水。张师傅微微一愣，他没料到李志高会主动来为他们服务。李志高瞧不起他们肚里没墨水，他们也明白。而他们对知识分子也存有一定的偏见，认为知识分子肚里虽然有点儿墨水，但不应该瞧不起人，肚里那点儿墨水不是在师傅们前骄傲的资本，何况，你那点儿墨水往现场工地上一洒，早就消失得无踪无影了。一句话，你解决得了实际问题吗？那点儿墨水在现场顶用吗？因此，双方互相不服气，有些对立情绪。但李志高主动为他倒水这一举动，算是表明了李志高的新态度，同时，也动摇了张师傅过去对他的成见，不由得使他对李志高生出好感来。

"李志高，今晚跟我去抓黄鳝。"

"好的，我为张师傅您打下手。"

"哪里要你打下手？今晚你当捕手，我教你如何夹黄鳝。"

"真的？"

"真的。"

"谢谢，谢谢！"

不客气。李志高在拎着空水瓶送回食堂的路上，觉得这趟劳动的收获是物超所值了，他收获了一个意外的惊喜。晚上，与张师傅一起到田野去抓黄鳝时，他多么希望自己能够当主角，手持竹夹，沿田寻鳝，一旦找着黄鳝，便屏息敛声地瞄准黄鳝，雷霆万钧地夹击黄鳝，一系列动作一气呵成。让张师傅替他去拎包，做自己的跟班。就像师徒关系倒置过来一样，自己成了师傅的师傅。

晚上，在饭堂吃晚饭时，李志高便紧跟着张师傅，与张师傅形影不离。李志高心里清楚，愿意晚上与张师傅一起到田野上去抓黄鳝的人数可多呢，新建变电站工地上八小时外的生活，枯燥乏味。有一件事，说出来会让局外人笑话，即工地上的夜晚时常也是漆黑一片。因为，在计划经济的年代，电力商品奇缺，供电局自家的工地也不例外。真的是如百姓所怨言，天一黑，电就没。因为电力设施陈旧落后，更兼特殊时期的十年时间里，没有新建一座变电站，电网里纵使有电，也是如小溪流水，时断时续的。即使电厂里开足马力发电，由于电力线路不畅通，缺乏星罗棋布的变电站支撑，仍不能保障老百姓们可靠用电。这座变电站的开工建设，也是迫不得已，非建不可才开工的。工地上夜晚可靠的照明工具只有蜡烛，无事可做的师傅们，通常是聚在烛光下，打牌喝酒，以排遣工地上的闲暇时光。

李志高对喝酒打牌没兴趣，夜晚，他就一人跑到户外看星星。

满天的繁星，持久地吸引着他。他仰望苍穹，想起了自己小时候爱做的一件事。抬头数星星，小时候，他爷爷鼓励他数星星。因为那时，李志高像个小老头儿，有驼背低头的习惯，李志高父母因他屡教不改而忧心忡忡。他爷爷找到了解决问题的办法，即培养他对夜空里星星的兴趣。夏日的夜晚，繁星满天际。在河堤上乘凉时，爷爷陪他一起数星星。爷爷与他分了一下工，爷爷数东一片的星星，他数西一片的星星。过一会儿，爷爷说：

"我已数到九百九十九啦。你呢？"

李志高老老实实地回答说：

"我才数到一百二十一呢。"

"那你得加油啊，我歇一歇，等一等你。"

爷爷便低下头来喝茶。后来，他才明白，爷爷只是随便报一个数字，他并没有认真地数星星，只不过是寓教于乐地帮助他矫正驼背的毛病罢了。现在，李志高有了文化知识，掌握了科学地解决问题的办法。例如眼下，当他抬头仰望满天的繁星时，想起了儿时数星星的游戏。但若是现在仍玩这游戏的话，他就有了新的统计办法。首先，将天上的星星按照其密度，分成多个区，对每个区里的星星只数一小部分，然后按照面积比去计算。这样，就能较为准确高效地推算出满天繁星的数量来。

看星星看久了，李志高就会像文艺青年那样变得浪漫起来。他突发奇想，感叹老天爷真是了不起，他知道若要照亮整个夜空，最经济的构图，也至少要布局多少颗星星。否则，必有阴暗的角落存在。这星星多像是人间大地上的变电站啊，若没有按地区用电负荷去配置足够数量的变电站的话，哪能保障大地上的万家灯火通明呢！

看星星，也是无奈之举。若有别的事可做，李志高当然不会去数星星了。今晚，他寸步不离地跟着张师傅。张师傅喝酒，他也坐桌旁耐心地陪着。严防第三者插足，抢走他学习抓黄鳝的机会。

"李志高，喝杯酒。"

"我不会喝酒。"

"喝酒也要学啊，你若是愿意与我们大老粗打成一片，你就必须学会喝酒。"

"来。"

在张师傅的盛情邀请下，李志高只好倒上了第一杯酒。为了表达十分的诚意，同时，也有催促他喝完酒，早点去抓黄鳝的意思，李志高站起来，向张师傅敬酒。而且，先干为敬。李志高爽快地将一杯酒喝了个底朝天。张师傅喝酒，则颇有儒将风度。他不起身，动作幅度也很小，却将杯中酒喝得一滴不剩。张师傅长时间地倒悬着酒杯，杯中却没有一滴酒洒落下来。他让李志高也模仿他的动作，倒悬着酒杯。李志高手中的酒杯，在倒悬时就极不争气地洒下数滴酒来。

"你说先干为敬，其实你杯中还未干呢，可见你敬酒的心意不够诚恳。罚酒三杯。"

张师傅话锋一转，正儿八经地对李志高说。李志高心里明白，自己摊上"酒官司"了，一时半会儿是脱不开身的了。他早有耳闻，张师傅喝酒爱打"酒官司"，而且，他是常胜将军。打这"酒官司"他都是赢家，他既有常人不及的好酒量，又精通劝酒的八卦套路，稍有不慎，便会落入他圈套里。因此，谁能赢他？生活处处有学问，也处处充满竞争。即使在这儿喝酒，也分输赢高低。李志高只好坐下来，拿筷子搛菜，心里开始做打持久战的准备。

"李志高，你有对象了吗？"

"没有。"

"那我替你介绍，行吗？"

"行。"

"喝酒。"

"张师傅，你且等一等。我先喝罚酒。"李志高老实地回答他说。

"好，好。"张师傅开心地说道。

喝酒需要合适的氛围，这氛围的营造，是喝酒人必备的功夫。而且，这喝酒的氛围营造得是否浓厚，是喝酒艺术高低的直接体现。张师傅意外地发现，与李志高在一起，不仅干活儿很舒心，喝酒也十分有趣。

"我与人家联系，等有了消息，便通知你。"

张师傅说。

"行。谢谢张师傅。"

李志高举杯感谢张师傅。

"你以前抓过黄鳝吗？"

"从来没有过，今晚是头一回。"

"那我给你讲一讲抓黄鳝的动作要领。"

接下来，张师傅对他详细讲解起关于抓黄鳝的知识来。张师傅是个爽快人，他知无不言，言无不尽，而抓黄鳝是他的拿手好戏，工地上所有人都佩服他手到擒来的高超本领。当张师傅谦虚地说，自己抓黄鳝的次数太多了，积累了一点儿经验时，李志高又要与张师傅干杯了。因为，他联想到白天在工地上干活儿的情形。经验的确是太重要了，他想起自己在电校毕业时班主任的临别赠言：你们踏上社会、走上工作岗位的前两年里，就是积累工作经验、积累处世经验的基础阶段。千万别轻视这经验的积累，这是必不可少的工作基础，将来工作能否顺利，事业能否腾飞起来，全看你前期的基础是否扎实牢固。

"张师傅，敬你一杯。你真了不起！白天里，你调试刀闸一举成功的本领，我学三年都不知道能否达到你的水平呢。"

"过奖啦，你们电校毕业生，人聪明，领悟得快。我估计，在这座变电站安装调试结束后，你也就会成为师傅啦。"

"谢谢张师傅的吉言，我再敬你一杯。"

两人说话投机，相互聊得来。这酒喝得十分顺畅，一瓶酒，很快地被他们分光了。这饮酒的速度，比张师傅平常快许多。张师傅打算开第二瓶白酒的，但见李志高已喝高了，说话都不利索了。替他着想，张师傅没开第二瓶酒。张师傅草草吃了一碗饭，就准备带李志高出去，进入下一个节目，抓黄鳝。

"张师傅，今晚我什么也不能干了，我就想睡觉。"

张师傅准备带他去抓黄鳝时，李志高含糊地说道。张师傅听了有些内疚，今晚不该与他喝这么多酒的，喝得李志高之前满怀期待的事都做不了了。张师傅担心若勉强带他出去，可能会出事，荒郊野外，沟河纵横。因此，张师傅就依了李志高，让他回宿舍休息。

　　第二天早晨，上工地干活儿时。李志高仍有宿醉的感觉，觉得太阳穴处酸胀得很。他对张师傅说："我没有酒量，下次咱们还是别喝酒了。"张师傅答应了他，并且安排民工刘秃跟着他，张师傅吩咐刘秃："今天，你多干些体力活儿，让李志高歇一歇。"刘秃的名字其实并不叫刘秃，他姓刘，因其过早谢顶，大伙儿便直呼他刘秃。刘秃性格温和，他总是笑眯眯地说话做事。工地上，大伙儿送他这么一个绰号，他一点儿都不恼，他很习惯人们这么称呼他。他是新建变电站所在地的一位村民，工地上所用民工都与他联系，并由他召集过来。他相当于后来所说的包工头儿。刘秃做事很认真，就因张师傅吩咐他的一句话，一天里，他处处照顾着李志高。两人合抬一只未拆封的大木箱时，刘秃总将木箱子靠近自己，木箱子百分之七十的重量都压在他肩上。而李志高没干过重活儿，长得细皮嫩肉的，这木箱子百分之三十的重量，也压得他挤眉咬牙，他的双手向上托住扁担，走了三四十米远，他就请求刘秃停下脚步歇一歇。于是，再次起程时，刘秃又将木箱子的系绳往自己这边靠，使得木箱子百分之八十以上的重量都压在自己肩上。终于，到达目的地了，两人都累得喘粗气。而李志高喘气比刘秃厉害，看起来仿佛是李志高担当了主角，他挑了重担。刘秃便笑言道："李志高啊，你天生是靠笔杆子吃饭的人。"

　　李志高也笑了，他明白刘秃是在取笑他，意思是说，他只有拿一两重笔杆子的力气。李志高觉得刘秃对他特好，不仅仅是张师傅关照他的缘故。那还有什么原因呢？李志高一时不清楚。在他们默契配合的一天里，他们还聊了一些家常。刘秃关心地问了他兄妹几人、父母多大年纪了、还能否劳动等问题。李志高如实回答他，自己是职工子女，父亲也在古都县供电局工作。父母身体很好，眼下不需要他负担，只要求他认真工作。

第二天晚上，张师傅与李志高均没有喝酒，他们头脑清醒，士气高昂，带上捕猎工具便上路了。

七月的田野上，蛙声如潮，高潮迭起，声浪一浪高过一浪。在群蛙大合唱里，所有的青蛙们，谁都不甘落后，它们都努力从胸膛里发出最响的声音来。萤火虫则像是田野大合唱这台戏的义务监督员，无数的萤火虫不知疲倦地飞翔在田野上，将水稻田里处处照亮，细细查看，监督着众多的青蛙们是否个个卖力。黄鳝则充耳不闻地熟睡在秧田里，再响的蛙鸣声也不能影响它们雷打不动的睡眠。李志高手持竹夹走在前头，张师傅则提着预备收获成果的袋子跟在后面，他们俩一前一后地行走在田埂上，一左一右地搜寻着水稻田里黄鳝的身影。一条条狭窄的田埂，犹如水稻田里的一道道分界线，将水稻田分成一块块整齐的方格。不久，李志高就发现了目标，他停下了脚步，跟在后面的张师傅心领神会地也停下来，他暗中观察李志高如何行动。

只见李志高弯下腰去，眼睛尽量靠近水面，准备近距离地捕捉这条黄鳝。黑暗中，虽然没有看清李志高的动作，但张师傅知道，李志高一定是在将手里的竹夹分开，呈X形，然后，悄悄地接近着水里的黄鳝。李志高头上戴着的矿灯一直照亮着水里的黄鳝，这条黄鳝全然不知大祸即将临头，它始终熟睡在秧苗下。很快，X形的夹子出现在明亮的矿灯下，夹口缓缓地向前移动。一会儿，夹口的灯影便重叠在黄鳝身上，这时候，该出手了。

李志高吸了一口气，他将竹夹快速插入水中，由于用力过猛，竹夹深插进烂泥里。接着，李志高使出吃奶的劲儿也未能使叉开的竹夹瞬间合起嘴来咬住黄鳝。不消说，这条幸运的黄鳝只是虚惊一场，马上逃之夭夭了。

然后接连三次夹黄鳝他不是用力过猛，就是用力偏轻，或者，夹得不准，始终未能夹住黄鳝，都让它们落荒而逃了。李志高不断地总结教训，纠正偏差。张师傅发现，李志高有个明显的长处，即他不会犯同样的错误，每次的错误，在他身上只出现一次。张师傅暗暗称奇，觉得李志高用不了多久就会成为捕捉黄鳝的高手。

一会儿，李志高又搜寻到一条黄鳝，他愈挫愈勇地再次出击。

只见，一片水花盛开后，一条黄鳝被提出水面。黄鳝在夹口上竭力挣扎，像一根麻绳似的牢牢地缠住竹夹，结果，黄鳝弄巧成拙地反绑了自己，使自己愈发不能逃脱竹夹。张师傅愉快地弯腰上前，用袋子接住这条黄鳝。

"我最爱这个姿势，在月光轻照的田埂上，我弯下腰来。每一次弯腰，都会有一个收获。"张师傅开心地说道。

李志高听了张师傅的话，心头一震。每一次弯腰，都会有一次收获。他猛然想起了一个类似的比喻，要低头弯腰，放下身段，深入到最基层，与一线工人打成一片，才能真正学到东西，才会有所收获。临来工地前，供电局赵书记在动员会上所说的话，与张师傅此时的言语，两者有异曲同工之妙，精神实质完全一致。

忙碌时分，时间过得飞快，不知不觉地，两个小时就过去了。终于，兴奋的李志高也感到疲劳了，他将竹夹还给张师傅。同时，他们也重新分工，互相对调了角色，李志高提着袋子在后面，张师傅走在前面。张师傅步子迈得大，李志高一路小跑，才没有与张师傅拉开过大的距离。

"这是什么地方？"李志高问道。

张师傅也不答话，他已站在一户民房院门前，边敲门，边高声询问到：

"休息了？"

"没有，没有。"

屋里有人答应他，还传出一阵手忙脚乱的声音。显然，屋里人原已休息了，或是正准备休息呢。因有客人来串门，主人热情待客，所以，才说出没有休息这种善意的谎言。这夜又逢停电，人家是端着煤油灯来的。开门一瞧，是熟人呢，李志高也认出来了，就是工地上干活儿的刘秃。刘秃上身赤裸，下面穿着短裤，十分热情地迎接他们的到来。而张师傅到了他家，真是宾至如归。看情形，他不是首次登刘秃的家门。张师傅进门第一件事是洗手，将一直在河里抓黄鳝的脏手洗一洗。他也不用问一问刘秃，就轻车熟路地自取了窗台上的肥皂盒，到东边水池上洗起手来。待张师傅洗完手过来，李志高也到池边洗手。可他意外地发现，水池旁有一堆长短不一的电缆线。虽然它们都是边角料，不能再派上用场了，但它们都是新电缆，显然是为运输方便而剪断的，这些铜芯电缆十分沉重。这一堆电缆，若不剪断它，化整为零，是难以进行长途个体搬运的。在变电站施工工地上，这种新材料非常多。其中，铜芯电缆线最为附近村民们所眼红。因此，工地上一直强调要抓牢防盗工作，而防盗铜芯电缆线则是防盗工作的重中之重。这一堆电缆，若让工地上的李书记见了，他准会张大嘴巴，惊骇得说不出话来。若非亲眼所见，谁能料到，从防盗制度与措施都很严密的工地上，竟流失了这么多铜芯电缆线来！

　　当时，李志高没有声张，他若无其事地走了回来。他心里清楚，现在一吵嚷，等于是给刘秃他们传了个信儿，他可以迅速转移赃物。同时，还会惹得张师傅他们不高兴。看得出，张师傅与刘秃关系非同一般，而刘秃也没拿张师傅当外人。一会儿，刘秃老婆走了过来，邀请他们去吃夜宵。她已将两碗鸡蛋茶端上桌去。刘秃走在前面引路，张师傅与他老婆并排走在后面跟着，而李志高走在最后面。大门敞开，屋里的灯光将他们身后照亮。这时，李志高又看到了令他吃惊的一幕。只见张师傅的右手，看似不经意地几番触摸刘秃老婆的屁股，并且，那手还没有迅速抽走的意思。张师傅口里仍与刘秃闲话着，而她则故作不知，继续前行。不知刘秃是否看到身后这一幕，还是说他故意装憨呢？

　　"你女儿回来了？"

　　"上星期天回来的。星期一一早又挤公交赶到城里上班了。"

　　"家里可有丫头照片？"

　　"有。"

　　"找两张照片出来，给我们小伙子看一看。"

　　"行。"

　　刘秃老婆答应着张师傅，然后，转身去东房里找女儿照片去了。张师傅又对李志高说："她女儿长得真漂亮，像一位电影明星似的。"

　　"哪一位电影明星呢？"

　　李志高故意逗引张师傅说道。

　　"有几分刘晓庆的模样呢。"

"那我就没有这份艳福了。"

"你这样的恋爱观是不对的。"

"哪儿错了？"

"有一句时髦语言，原话我说不来。意思是只求曾经拥有，无须永远占有。"

"张师傅，你真新潮。你的爱情观比我们年轻人还先进呢。"

李志高与张师傅打趣说。

这时，刘秃老婆将女儿的照片找来了。不是两张，而是厚厚一沓。李志高未看照片就已经知道，她女儿一定是一位漂亮姑娘，否则，哪有自信拍下这么多照片呢。

李志高一见到照片，竟有些爱不释手了。照片上姑娘模样动人，神情可爱，想不到在乡村竹篱茅舍间，竟也开放着如此美丽芬芳的花朵。这些照片，有的是在春天桃花林中，有的是在夏日游泳池旁，还有在秋日里踏着满地红叶时，冬天里的皑皑白雪之中。这多变的视角，不同的场景，不俗的气质，都显示出这位女孩非比寻常，不像是一位普通的乡村女孩。一问才知道，她以前在南方打工，那边有一位远房亲戚，她在南方待了六七年。去时是一位小姑娘，现在到了谈婚论嫁的年龄，父母想让她回到家乡来，希望她在家乡找个好小伙儿，过上普通人的幸福生活。

端上鸡蛋茶时，李志高才知他们是刘秃家尊贵的客人呢。乡村里有这样的风俗，家有客人光临，须煮鸡蛋茶相迎。茶里鸡蛋的数量，则显示出接待的规格。而鸡蛋茶里有六只鸡蛋，则是最高规格。李志高吃鸡蛋茶时，感到心虚，觉得自己充其量只能算是刘秃的普通朋友，不配当他尊贵的客人。而张师傅则是当仁不让，他好像肚里正饿着呢，吃起鸡蛋来，竟是狼吞虎咽一般。

他们离开刘家时，刘秃夫妻俩出门相送。他们已走出去很远，可身后刘家的院门还未关上，灯光依然流露出来，夫妻俩仍站在院门外为他们送行。

李志高犹豫了一星期，他拿不定主意，刘秃家中藏有工地上铜芯电缆的事，要不要向领导反映？其间，张师傅晚上又出去抓黄鳝，他推说，要看书复习准备参加电大的招生考试。后来，张师傅就再没有喊他出去抓黄鳝。终于，李志高下定决心，向工地负责人秦主任反映这事。李志高是受红色教育成长起来的青年，用个人生命保护国家财产的草原英雄小姐妹精神深入骨髓，保护国家财产不受损失是每个公民义不容辞的责任。

那天，工地临时办公室里只有秦主任一人。李志高走进去，将这件心事对秦主任全盘托出。说完后，李志高心中感到久违的轻松与愉快，一个背负多日的思想包袱，此刻，终于卸下了。秦主任听完他的情况报告后，又沉思了一会儿，他将一支烟抽完才说话。

"你汇报的情况，非常及时，非常重要。工地上将立刻采取亡羊补牢的措施，待洪局长到现场来视察工地建设情况，我一定将你反映的情况报告局长，请求局长表扬与奖励你。但你刚参加工作，有许多东西要学。学专业技术，学习妥善处理人际关系。张师傅的工作经验丰富，你跟着他能学到许多东西，你要保持与他的良好关系，不能轻易地破坏这种师徒关系。刘秃是不能再让他在工地上待下去了，必须令他走人。"

"那明天通知他不要到工地来干活儿了？"

"这不行，简单粗暴的工作方法行不通。他若问你不让他来工地干活儿的理由是什么，你如何回答？"

"那就实话实说。"

"这当然不行，有其他好办法呢，你等着瞧。你且回工地去，照常工作，就像你没到我这里来过一样，你能做到？"

"能。"

李志高又回到工地，与他们一起继续工作。可他心里一直在暗暗琢磨着，秦主任会以何种方式辞退刘秃呢？

此时，刘秃完全蒙在鼓里，不知道自己暗地里的所作所为已经完全败露。他依旧伪装着自己，卖力地干活儿，讨好着大家。工地上，无论谁喊他帮忙，他都是随叫随到。自李志高到他家吃过鸡蛋茶后，他以为与李志高的关系更紧密了。而李志高对他也有了新的认识，难怪他干活儿这般卖力，原来他得双份报酬呢。明里一份是工钱，暗里一份是偷卖废铜线。秦主任会如何处理这事呢？李志高拭目以待。

半个月时间过去了，刘秃仍天天到工地来干活儿，但工地上材料被看管得加倍严格，也没发现再丢失电缆。莫不是刘秃知道自己被监视，已经偃旗息鼓了？李志高自那回向秦主任汇报过情况后，心里却多了疑虑，有了思想负担，再与张师傅在一起干活儿时，心情就变得复杂起来。他有时觉得自己是潜伏者，像地下党潜伏在敌人身边一样；有时，又觉得自己像个叛徒，背叛了张师傅，心里很内疚。他愈来愈觉得秦主任高明，讲究工作方法。庆幸秦主任没让自己站出来，公开作证，去证明张师傅与刘秃内外勾结盗窃电缆。这一个月里，风平浪静，也证明自己没被张师傅他们看出破绽来。

　　这天，为了保持施工进度，张师傅他们工作到天黑才收工，刘秃回去得也比往日晚一些，而李志高是最后一个离开工地的。他留下来的目的是仔细地观摩师傅们所做的活儿。师傅们的动手能力强，他们的工艺水平令他佩服，他觉得自己暂时还达不到他们的水平，要向他们学习的地方太多了。就在这时，他忽然听到门口吵嚷起来，是门卫在对刘秃大声说话。

　　刘秃到工地来干活儿，总是骑一辆带垃圾桶的自行车。他解释过这件事，说他每天回去，都要顺道到镇上一位亲戚开的饭店去，将饭店里每天产生的剩饭菜带回去喂猪。大家听了，觉得他的做法可以理解，后来就习惯了他每天骑着带垃圾桶的自行车来上班。但不知从何时起，门卫特别关注起他的垃圾桶来。今晚，门卫发现他的垃圾桶明显超重，桶底凸出来，严重下垂，快要着地了。自行车经过大门口时，放慢了一些速度，结果，这自行车就骑不稳了，摇摇晃晃，像个站不住脚的醉汉似的。门卫师傅见状，就拦住他，令他下车开桶检查，这一查便查出了大问题。

　　秦主任来到现场时，刘秃已停止了徒劳的争辩，他意识到自己的丑事已经彻底败露，便什么话也不说，低头待训，像个自知犯错的小学生面对老师似的。

　　"老刘啊，你在工地上干活儿干得好，大伙儿都夸奖你，你的工作表现，大家都认可。但现在出了这事，我对上面也难以交代。这样吧，你明天就不用来了，这群民工就由你弟弟带队吧。我也不去派出所报案了，放你一马，你骑车回去吧。如何？"

　　"谢谢秦主任不杀之恩，我放下桶里电缆便走。"

秦主任拿手电筒向垃圾桶里照了一下，发现桶里满是小段的电缆线，它们是今天放电缆时用剩下的边角料，秦主任假意说让他将这些电缆线头带回去，实则是考验刘秃。但刘秃说啥也不肯带走了，他想到弟弟明天还要来工地干活儿，为了不影响他们的活路。他便推车重返工地，倒下桶里的电缆头后，掉转车头，灰溜溜地走了。

张师傅在工地上干活儿，已连续两个月未回家。工地上，他白天有活儿干，晚上可抓黄鳝改善伙食，他有些乐不思蜀了。可在家的张嫂没他那份感受。她与张师傅共同生活十来年，用她的话说，早就将张师傅看透了，他是个爱吃腥的馋猫。他怎能离开她两个月之久，依然没有亲近她的意思呢？于是，张嫂主动来到工地，欲探个究竟。秦主任见到她，表示欢迎她来工地，给我们工地的电力建设职工送来温暖与关爱。在场的赵师傅则一脸坏笑地插话说，他就不欢迎张嫂的到来，因为，张嫂的温暖只送给张师傅，与他无缘。张嫂上前一步，抵近他面前说道："真是狗嘴里吐不出象牙。下回，一定带赵嫂一起过来，让赵嫂狠狠地教训你！"

大家听了，哈哈一笑。晚餐时，秦主任特意吩咐食堂杨师傅去镇上买一只老鹅回来，为张嫂加一道大菜。并且，还将与张师傅同住一宿舍的工友小许，安排到李志高的宿舍里挤一挤。秦主任与张嫂开玩笑说，工地上生活条件虽差一些，但探亲的临时用房还是有的。欢迎她常来，下次，希望她与赵师傅的爱人结伴同行。张嫂由衷感谢秦主任的热情接待与周到安排。

"张师傅，晚上还捉黄鳝吗？"在水池边洗碗时，小许悄悄地问张师傅说。本来，张师傅与他约好，今晚两人一起出去转一圈的，但今天下午，张嫂意外的到来，打乱了他们的计划。

"年轻人，有些事，还真不懂。张嫂来了，张师傅还有空出去捉黄鳝吗？"凑巧，秦主任与赵师傅也来水池边洗碗。秦主任听到小许的问话，便善意地批评他说。而赵师傅说话，就更加直截了当了。

"他还要出去捉黄鳝吗？他就在宿舍里打洞吧！今晚，张师傅要累得够呛呢！"

这话说到张师傅心坎上，他无言以对，只是舀了一碗水，泼向赵师傅，赵师傅猝不及防，就提前洗了一个淋浴。秦主任与赵师傅紧挨着，因此，他身上也被溅了水。

赵师傅不甘示弱，也舀了半碗水，欲向张师傅追去。但被秦主任叫停了。

"赵师傅，你别追他了，就宽容与体谅他这一回吧。今晚他的体力消耗可大呢，无论有多大的劲儿，都有地方使！"

现场已结婚成家的师傅们，无不会意地大笑起来。而李志高他们并不觉得秦主任这话有多幽默。毕竟，他们都是单身小伙儿，对婚姻生活尚无实际感受。但他们都附和着师傅们笑了起来。他们表达的仅仅是对秦主任与师傅们的一种礼貌。

差动继电器，在当时是先进的主变保护设备。一般而言，县供电局里，尚无掌握校验与调试差动继电器技术能力的人才，须向市供电局相关专业人员求援。而这一次，市供电局派来支援的是一位与李志高年龄相仿的姑娘钱玲玉，她比李志高早两年工作。由于市供电局接触先进电器设备的机会多，钱玲玉姑娘已成为调校差动继电器的权威人士，大凡县供电局向市供电局专业求援时，市供电局多半是派她到现场去。一来她是单身无牵挂，来去自由方便；二来派性格热情随和的小钱到现场去，各县都欢迎她，事后反馈过来的效果好，大家都普遍欢迎她的到来。李志高对她羡慕不已，她年纪虽轻，就已经成为继电保护专业方面的小权威，受到大家的一致公认与爱戴。李志高渴望能像她一样，熟练掌握差动继电器的校验与调试技术。这回，机会终于来了。

市供电局的技术专家小钱被请到工地上来，秦主任高度重视这事。他让李志高全程陪同钱玲玉，从生活到工作全方位地关心人家，努力使她宾至如归，对这趟古都县的工地之行感到满意。秦主任给予李志高遇事可以先办后补手续的特权。如果有贪便宜的思想不正确的人可能会利用这个特权为自己购买物资，但李志高根本就没往这方面想。

小钱是个夜猫子，喜欢在夜晚无人打扰的情形下工作。于是，李志高也将作息时间调整过来，他们一起在寂静的工地上加班。为防止田野上的小动物贸然闯入，啃咬室内的电缆等设备。继保室的门窗都关闭起来，因而，也将田野上传来的蛙鸟虫鸣声，一律屏蔽在室外。此时，继保室里，成了他们的二人世界，安静得能听见灯泡里电流流过钨丝时发出的咝咝声。小钱坐在桌旁，操作试验仪器，李志高站在小钱身后，与她一起观察荧光屏上跳跃的试验参数。观察的时间久了，为了看得更仔细一些，同时，也因为李志高过于专心，而暂时忽略了男女之间的距离界限。他紧挨着她，他的呼吸频频打扰到她，吹拂着她耳际的长发，李志高却没有及时察觉到自己的不妥之处。他一门心思地琢磨着这些处于动态的试验数据，为何与教课书上的答案不同？为何跳跃不止，变化很大呢？而小钱却因他过度投入而走神了，她已经意识到，他的鼻息，吹拂着她的秀发，这微微的热气，吹得她颈部皮肤发痒，也吹来了一种奇异的感受。她没有提醒他远离一点儿，也没有主动拉开与他之间的距离，只是，当她决定暂停这种全新的体验，避免打扰她专心工作时，她才抬起左手，将那丝丝秀发别在耳际。这样，李志高再有力的呼吸，也难以撼动她的秀发了。

"不好意思，不好意思。"

这时，李志高终于意识到自己的行为打扰了人家，他便立刻向她道歉。但钱玲玉莞尔一笑，还对他做了一个潇洒的动作。她一扬脸，将长发悉数甩到肩后，同时，她还斜睨他一眼。这眼神里，意蕴丰富，令李志高当晚回到宿舍休息后，反复回味，乐此不疲地破译其中的含义。他觉得与小钱一起加班的夜晚，妙不可言。他就像是一个小孩，一遍遍地品味着自己喜爱的糖果似的。对她充满魅力的眼神，他每一回品味，都是甜在心头，沁入心脾。这夜里，他做了一个无比甜蜜的梦……

"歇一歇，喝杯花茶。"

第二天晚上继续工作时，李志高见钱玲玉工作时间久了，就递过一杯茶去。

"什么茶？"

"菊花茶。"

"我喜欢菊花茶。你怎么知道我爱喝这种茶的呢？"

"你名气大，是市供电局的继保专家。你的喜爱癖好，我们都早有耳闻呢。我就知道你闲时爱喝菊花茶。今天下午，我特意到镇上去，为你买了半斤菊花茶，你可要喝完这半斤菊花茶，才许可你离开我们工地呢！"

"真的？"

钱玲玉满怀惊喜地问他，她为他别具一格的挽留方式而感动。

"真的。"

"好，今晚试验工作结束后，你别忙回宿舍，陪我到外面田野上去走一走。向我详细汇报你还知道哪些关于我的故事。"

"遵命！"

小钱乐得大笑起来。她觉得李志高虽然人高马大的，倒是很听自己使唤呢，这次，到县供电局来对口支援工作，是她历次对口支援中最愉快的一次。

其时，秦主任正在工地围墙外。听到小钱姑娘愉快的笑声时，他便放下心来。他由此推断李志高与她的配合工作，一定做得相当不错，否则，小钱不会有如此愉快的心情。于是，秦主任不声不响地离开了。

乡村八月的田野，是一个有声有色丰富多彩的世界。有无数的青蛙，它们隐身在无边的黑暗里，一只也看不到。但它们此起彼伏相与唱和的叫声，却清楚地表明，它们族群庞大，是这广阔田野上真正的主人。的确，青蛙是农民的好帮手，是消灭稻田里害虫的主力军。

如果说，青蛙是保卫田野的陆军，那么，飞翔在广阔田野上方的萤火虫，就是名副其实的空军了。无数的萤火虫飞在田野上方，或悬停，或飞行，或飞飞停停，它们仔细巡查着田野上方的每一处空域，检查是否有害虫出现，或者，已经飞过去。萤火虫明暗交替地闪亮着，营造出一个迷人的夏夜来。

小钱见到闪光的萤火虫，就想捕捉一只放在小玻璃瓶里带回宿舍去。她小时候曾这么玩过，那时，是邻居家男孩帮她捕捉萤火虫的，此时，她就像是当年那个快乐的小女孩，一心想要抓一只萤火虫来，以令人无法拒绝的口吻央求男孩。可这活儿看似容易，做起来却很难。"轻罗小扇扑流萤"，可小钱手里没扇子，就以巴掌替代了。她不断地合掌夹击流萤，可机灵的流萤总能在她双手合掌的瞬间逃出她的掌心，就像是被她合掌形成的空气压力挤压出去似的。黑暗中，不断传来她的击掌声、叹息声。李志高全力以赴地捕捉流萤，可是，萤火虫像铁了心似的，不愿轻易地成全他。李志高的掌声响亮，频繁出击，快要与蛙鸣声同频共振了。突然，黑暗中传来李志高的一声惊呼："捉到了一只！"

小钱闻声而来，走近他身边。李志高摊开手掌，掌心里一片光亮。原来由于他用力过猛，李志高生生地将一只流萤扑杀了，萤光素涂抹在他掌心里，他掌心里便亮闪闪的，成了一个绿手掌。由此可见，萤火虫的周身都是发出绿光的，即使粉身碎骨，也是冰心一片在玉壶。

"可惜了，你杀死了它。"

小钱说完。她又到别处去追踪流萤了。李志高听了她的话，遂改变手法，他悄悄地走近流萤，轻轻地双手合掌。但他的温柔手法，仍不能挽留住一只流萤。不过，李志高没有泄气，他仍在不懈地努力着。

"哎，快来拉我一把！"

黑暗中，忽然传来小钱的求救声。李志高立刻跑过去。原来，小钱专心致志于眼前的流萤，却未提防脚下已踏空，从田埂上偏离陷进水田。她双脚踩入秧田水中，水下净是烂泥，无法拔脚上岸。

李志高立刻过来拉她，她拔出了右脚，左脚又深陷进泥里。李志高见状，毫不犹豫地跳下秧田，走近她身旁时，他紧贴着她的身子，双手抱住她的腰，硬是将她从烂泥里拔出双脚来。她双脚出了烂泥后，他并未立刻松手，而是继续抱着她带她出去。他迈着艰难的步伐，走近田埂，将她放到干燥的田埂上才松手。

"你手臂真有力。"

她夸奖他说。

"我还未用上全部力量呢，怕弄疼了你。"

李志高对她实话实说道。

"下次，再到县公司去调试校验时，我就向你们秦主任借用你，借你去配合我工作。你力气大，搬运笨重的试验设备，正需要你这样的人才呢。"

"你太会夸奖人了。在你眼里，搬运工也是人才。"

"对，有用之人，便是人才。要不拘一格用人才嘛。"

"有道理，乐意为你效劳。"李志高说道，两个模样十分狼狈的年轻人，相视而笑。李志高扶她走至水渠边，她一手搭在李志高肩上，将脚伸进渠水里洗涤，洗干净后又重新穿上凉鞋。

他们回到工地宿舍时，已是深夜时分。可门卫没有休息，他为他们开了门，注意到两人身上都有落水的痕迹。李志高见门卫师傅关注这点，就主动说明：是他们失足水田所致，然后，就进了大门。他们回到各自的宿舍，轻轻开门，进去休息了。

工地上的小孙，一直暗暗与李志高较劲。自他得知李志高约会过小钱，两人晚上漫步田野的事后，他也寻找着机会，约会小钱姑娘。可李志高具有得天独厚的条件，他和小钱从事的是相同专业，而小孙则是从事变压器检修专业的。为此，小孙一心想实施一次跨专业的"偷袭行动"。这天中午，小孙在工地食堂里吃完饭，在水池边洗碗时，巧遇小钱姑娘也在池边洗碗。小孙见她碗里有两片未吃完的猪肝，被她倒进垃圾桶里。他就惋惜地说道，"这猪肝倒掉可惜了，拿去钓鱼可钓到野生大甲鱼呢。"小钱第一回听说以猪肝能钓到甲鱼的事，她感到新鲜好奇，就惊讶地问他："凭这两片猪肝，能钓到水里的大甲鱼？"小孙用力地点头，表示肯定。他趁机邀请她说："明天中午，你放弃一回午休时间，我带你去钓甲鱼。这里河汊纵横，甲鱼可多呢。"说这话，仿佛小孙在这里已钓到过甲鱼似的，其实他也一次未出去钓过甲鱼，只是从道听途说中得知猪肝可钓甲鱼。

"好的。"

小钱当即答应了他，但答应过后，她就有些后悔了。且慢说工地上调试校验差动继电器的工作很忙，中午的午休时间十分珍贵。就是单单从面对陌生男孩的邀请这件事上看，自己的答复，就显得不够慎重，过于草率了。她对工地上人员情况尚不熟悉，她原是依靠李志高的。可今儿李志高不在工地上，他被秦主任派到局里办事去了。她后悔自己草率地答应了人家，明天中午也只好硬着头皮跟他出去走一趟了。

第二天中午，他们出去钓甲鱼的事，起初并没有人知情。可他们回来时，工地上却是无人不晓。因为，小孙的做法实在是过于张扬了。他浑身湿透了，大白天里，像一只落汤鸡似的回到工地，显然是落水所致。原来，小孙带领小钱到野河边一棵大杨树下，经反复观察，他认定这大树下河面上的阴影里，极有可能藏着一只大甲鱼，因此，他在这儿下钩。

水边的这棵大杨树，需要简单地介绍一下，它身躯倾斜，将偌大的树冠歪向小河的正上方，像是为这段河面撑起一张大伞。在正午阳光的照耀下，浓密的阴影完全落在水面上，而河岸边生长的玉米、大豆等植物，都未受它的阴影遮挡。由于，两者是井水不犯河水，当地农民就从未修剪过这棵杨树，使它的树冠自由生长。年复一年，这棵树长成了王冠一样的浓荫，附近一带，未见有如此庞大的树冠。落在水面上的阴影，成了鱼儿躲避烈日曝晒的好地方，不时地会见到有流线型的刀鱼，它们成群结队地，贴着水面游来游去。而看不见的水下深处，不时地有暗流上涌，估计是大鱼儿游动时兴起的波浪。大杨树伸向四周的树根，一半在水里，一半在岸上。岸上的树根，牢固地扎进泥土，这些伸入泥土的根是十分有力的，它们将歪向水面的树身稳稳地固定住。而生长在水里的树根，则随着小河里的波浪起伏，隐约可见。树根在河水无休止的冲洗下顽强地生长着，人们惊叹杨树有如此发达的根系，难怪上面能长成遮天蔽日的树冠。

小孙在大杨树下抛下带有猪肝的钓饵后，静静地等待着，装模作样地不与小钱说一句话，说是怕惊吓了下面的甲鱼。不知过了多久，小孙觉得钓钩有了动静。他使劲一拉，却拉不动钓鱼线，估计碰上了大家伙了。小孙愈加兴奋起来，他加大扯线的力度。忽地，他用尽全力猛扯钓鱼线。他本想依靠爆发力将水中甲鱼抛上岸来的。结果，甲鱼未上岸，人却落入水中。小孙受到巨大的反作用力，扑通一声，他猛地扑进水里，激起了高达树冠的大水浪来。原来，钓鱼线已缠在水下树根上，小孙扯鱼线是在与树根较劲儿，好像他要将盘根错节的水下树根拽上岸来呢。

　　小孙的钓甲鱼行动彻底失败了。小钱与他回到工地时，大家见了小孙的狼狈相，难免要追问一番。于是，小孙钓甲鱼落水的事情，便公布于众了，成为人们的笑柄。而小钱每想起这件事，也是忍俊不禁。他判断拉的是甲鱼，谁料到他是一直在与树根拉扯。醉翁之意不在酒，小钱也想到人家邀请她钓甲鱼背后的意思。她决定以后再遇上类似的邀请时，就婉言谢绝人家，以免人家白辛苦一场，作无用功了。后来，在工作闲暇时，小孙点头哈腰地递烟给秦主任时，秦主任就帮他分析这件事。秦主任说，你与小钱出去钓甲鱼，是你一人落水，让小钱看笑话，你属于一厢情愿。而李志高与小钱出去活动时，他们是两人都落水，他们属于同甘共苦，你情我愿。因此，小孙啊，我奉劝你，没希望的事，就别去白费力了。免得到头来，还是竹篮打水一场空，白白让人笑话。后来，小孙就再没有邀约小钱，估计与秦主任的这次谈话有关。

　　工地上差动继电器校验完毕，但保护系统整组调试工作尚未结束，小钱又接到了新的任务，领导要求她立刻动身，赶到南台县去帮助展开新设备校验与调试工作。秦主任担心小钱走后，工地上这项工作会遇上麻烦，毕竟李志高是初次接触这套设备。但小钱满有信心地向秦主任保证，李志高一定能挑起重担，她已将接下来所要做的事，写成详细步骤一一交代于他。万一李志高在整组调试过程中碰上解决不了的困难，她随时可以赶回来增援他。

　　秦主任听到她这句话，才放下心来。转而与她说起另一件事，为她饯行，请她吃顿像样的饭。小钱说："这就不必了，那边在等着我呢。"

"你今晚留在我们工地上吃顿晚饭，明天一早，我派车送你到南台县去，不影响你明天的工作。"秦主任执意挽留她，小钱感到左右为难。这时，秦主任说出一个重量级的理由来，"这是李志高他们的意思，说你在工地日日夜夜废寝忘食地开展保护校验工作，深深地感动了他们。他们一定要为你举杯饯行呢。"小钱听到这话，终于拿定主意，恭敬不如从命，就留下来吃顿饭明早再走吧。今后她无论是在工作方面，还是私人生活上，都有可能要与李志高保持联系呢。

工地上的晚餐，菜的种类简单，就是从附近农民家里买来的一只老鹅，外加两只小公鸡，一条大鲤鱼，它们是今晚的主菜，另配南瓜、空心菜等蔬菜。但晚饭气氛十分热烈，每个人的脸上都洋溢着快乐，在工地上聚餐，是不常见的，这总是开心的日子。那边靠墙摆放的十瓶白酒，威力很大。不知他们俗称的这十颗"手榴弹"，今晚要"炸"翻多少人呢。

"小钱啊，我们大伙儿敬你一杯！感谢你对我们工地校验工作的大力支持，因为你的雪中送炭，帮助我们攻克了差动校验的大难关。"晚餐时，秦主任第一个站起身来，举杯对小钱说道。秦主任都站起身来敬小钱酒了，在座的各位，一个不落地都站立起来。小钱见到这规模盛大的敬酒阵势，也连忙端起茶杯，站起身来回敬。她说："实在对不起，我不会喝酒，只能以茶代酒。我来到工地上，只是做了自己应该做的事，谢谢大家的支持！"

小钱只是喝了一口杯里的水，大伙儿却都是一饮而尽，齐齐地喝净了杯中酒。为此，小钱觉得内疚，以水对酒，这不公平。她欠了大伙儿一份人情。秦主任明白她心意，便提出一项合理化建议。

"下面，我们要为小钱选出一位护花使者，代表小钱喝酒。桌上谁是合适人选呢？"

"李志高！"

大伙儿异口同声地回答道。而且大家都喝了酒，这回答的声音便格外响亮，震得窗玻璃都产生了回音。仿佛是大伙儿刚来工地第一天时，在洪局长致辞的开工动员会上，秦主任带领大伙儿宣誓时的那种气势。"一定要不负众望，不辱使命，如期完成变电站施工建设的光荣任务！"那热血沸腾的场景，那震耳欲聋的宣誓声，今晚又重现了。小钱见到这众口一词的民意表达，情不自禁地笑了。

现在，李志高是骑虎难下了。他若不答应，那不用小钱说话，大伙儿也不放过他。他若答应了，接下来，他面前就会出现万丈深渊，而他一直是在往下坠落，真不知何时才能触底，这得喝多少酒啊！他偷瞧一眼小钱，希望她在这关键时刻能帮他拿个主意呢。谁知，小钱也正大方地正视着他，观察他的表情反应呢。小钱的眼神告诉他，她支持他当代表，她满怀信心地期待他像一条好汉似的站出来呢！

李志高把心一横，就答应了下来。

小孙第一个敬酒，与其说是喝酒，不如说是喝醋，言语间透露出一股酸味。

"钱工程师，我向你道个歉。对不起啊。那天中午，我本意是想带你去钓甲鱼的，结果自己却成了一只落汤鸡。"

　　小孙这番话，把李志高都说得笑起来。他听小钱说过这事，小孙带她去河边钓过一次甲鱼，结果，他倒掉进了河里。后来，她每想起这件事，就觉得后怕。因为，她不会游泳呀，万一小孙滑到河心里去，她只能站在岸上，后果不堪设想。

　　这酒，必须喝。李志高仰起脸来，一饮而尽。至于不言之意，完全在于各人自己去领悟。大伙儿普遍认为，小孙这杯酒，表明他已明智地选择退出情场竞争。从此，他与李志高之间，就不是情敌一般的对立关系了，而是恢复到从前的同事关系了。

　　"李志高，你要自饮一杯。"

　　张师傅说道。

　　"为何？"

　　"算是你敬小钱的呀。人家小钱到工地来，就数你学到的东西最多，收获也最大。喝杯送行酒都不行吗？"

　　"行。"

　　张师傅说下的话，他哪敢不从？李志高举起杯来，一饮而尽。

　　城门失火，殃及池鱼。大伙儿本来是敬小钱的酒，却都一杯一杯地灌进了李志高的肚里。本来李志高的酒量就不大，在大伙儿的轮番敬酒攻势下，他先是红艳了脸面，很快，发展到脖颈与脸面一片红。接下来，李志高说话断断续续的，连不成整句了。同时，他的脑袋变得愈来愈沉重，终于，他不堪重负了，只听得"咕咚"一声，他伏身桌上，再也抬不起头来。

　　秦主任见状，及时制止了同事对他的进一步敬酒。秦主任安排小孙搀扶李志高先到宿舍去休息。小钱说不用了，让小孙留在桌上，继续与大伙儿一起喝酒尽兴，由她搀扶李志高去房间休息吧。大伙儿说，这再好不过了。在大家的目光关注下，李志高碰翻碗碟，推倒板凳地艰难站立。又很快地将脑袋靠在小钱的肩膀上，他拖着沉重的脚步，出门去了。"这家伙是故意的吧？"小孙疑问道。"即使他是故意的，可人家小钱并不拒绝呀，你又想喝醋啊？"张师傅不客气地戗了小孙一句。后来，他们便转移了话题，重新回到喝酒的正事上来。

他们干起活儿来有拼命三郎的精神，喝起酒来也具有同样的英雄本色。结果，大家都程度不同地醉了。较清醒的是秦主任，他回到自己宿舍，也是倒头便睡。因此，当夜竟然无人知晓李志高是何时回到宿舍休息的。事实上，他是当晚最后一个回宿舍休息的。他与小钱提前离桌后，又走出工地，到田野上散步去了。

"谢谢你，陪我出来散步。凉爽的夜风一吹，我现在感觉舒服多了。"

李志高真诚地对小钱说道。

"你刚才在桌上喝酒的反应那么重，脸那么红，挺让人担心的。"

小钱对他实话实说道。

"脸红是真的，可醉得伏案不起是装的，有一些表演成分在内。你尚不熟悉我的同事们有多能喝酒。你若逞强的话，他们会表现得比你更强。你若是对他们示弱，向他们甘拜下风的话，他们兴许会放你一马。瞧，我现在头脑清醒，能够较快地恢复过来。完全是得益于方才我在桌上先趴了一会儿，对兄弟们甘拜下风，才逃过一劫呢！"

在狭窄的田埂上，李志高自然地扶着小钱，两人愉快地向前行走。至于从何时起，李志高开始拉着小钱的手的，他已想不起来了。待李志高意识到这问题时，他已拉着她的手，走过了三条田埂小道。李志高发现小钱是乐意接受他的帮助的，他紧紧拉住她的手，而她也一直没有挣脱的意思。有一些事，如果没有意识到，他的言行表现会很自然大方。可一旦他意识到了，他的心里就闹别扭了，变得害羞难为情起来，他的言行反而会失态。然后，李志高暗地里走神了，他时常忘记了周围的景色，不知道小钱正说的是什么。他的全部心思，都聚集在右手上，两手相握，互相传递着一种美妙无比的体验。她的手，小巧、干净，质地细腻，柔情万种，令他心猿意马，思绪万千。这只灵巧的手，可以出色地完成调试校验差动继电器任务，解决复杂的技术问题。与所有师傅们粗糙的大手相比，它毫不逊色，真正是巾帼不让须眉。这温柔的手，既传达出主人微凉的体温，同时，也感受到他酒后的热度。也许，自己早已捏疼了她的手，她不愿意说出来罢了。可他又不知放松至何等程度才合适，怕自己过于放松了，她会撒手而去。

忽然，他的脚下踏空了，一只脚踩进水田里。但李志高反应很快，他及时转身，重返到田埂上。

"常在河边走，哪有不湿鞋。"

李志高自嘲说，他掩饰着自己刚才的失误。

"对。常在河边走，哪有不湿鞋。"

小钱像是在重复他的话，同意他的观点。但是，经她一复述，又传达出一种言外之意，聪明的李志高很快地醒悟过来，便鼓起勇气试探地说道："我们是又一次月下散步了，漫步在田野上。这回，我们的情感之'鞋'也已经潮湿了呢。"

小钱停下脚步，定住身子，近距离地注视着他，像是在问他，你说的话可当真？李志高以实际行动告诉她，此话当真。

他与她紧紧相拥，他们火热的嘴唇亲吻在一起，千言万语尽在不言之中，彼此默默地倾诉着一腔的赤诚。月光明亮地照耀着田野中一对相恋的青年男女，它为他们自觉地担当起亘古不变的月下老人的角色，为李志高与小钱的爱情见证。夏虫与青蛙，就像是不请自来的爱情乐队，它们疯狂地演奏着，合唱着爱情之歌。夏夜长风，从一望无际的田野上刮过，将他们的爱情故事传向远方。

初恋的时钟时常停摆，令时间定格在他们相拥的一刻。月光则将他们相拥的身影忠实地记录下来。月光下，他们的身影，映照在左侧水田里，也不知过了多久，他们相拥的身影已悄悄地转移至右侧水田里。而且，俏皮的月亮将他们的身影越拉越长，俨然，他们是一对恋爱的巨人。他们的身影虽然在移动，可这对年轻人心中燃烧的激情，却经久不息，他们站成了一对耸立在田野上的爱情雕像。他们站立在夏日的田野上，提前收获着属于他们的爱情。

"我们回去吧。"小钱提议。

终于，时间的概念又回来了，他们又回到现实之中。

"好的。"

李志高满意地答应她。

他们继续手牵着手，沿着长长的田埂返回。李志高仍牵着小钱的手，但他的适应能力很强，现在，他已心安理得起来，有了水到渠成的自然感受。在跨越一处田梗缺口时，李志高大方地张开双臂，抱起小钱娇小的身体，跨过田埂上的缺口，他又沿着田埂向前走了一段路，才恋恋不舍地放她下来。而小钱则十分享受他们亲密无间的拥抱。今夜，一对情投意合的年轻人，他们的爱情与事业的并蒂花，在夜晚的变电站建设工地上悄然绽放。

第二天，李志高睡了个懒觉。他醒来时，发现宿舍里仅他一人，同事们早去了工地，而小钱也早被秦主任所派的工程车送去台南县。李志高赶紧起身，匆匆洗漱了一下，又去饭堂里喝碗剩粥，便到工地上干活儿去了。

"李志高，市局工会王主席要到工地来检查工作，他点名要你帮他写份材料，你赶紧将手里的活儿交接一下，下周，你就回局里去上班吧。"在工地上，李志高遇见秦主任时，秦主任这样对他说道。

"写啥材料？"李志高一脸茫然地问道。

"具体情况，我也不清楚。等明天王主席到工地来，你问一问他就会明白。"

"行。"李志高答应秦主任后继续干活儿，可他心里琢磨着，王主席为何突然让他写材料呢？写哪方面的材料呢？李志高的文科成绩不错，他并不畏惧写材料这件事。只是，写材料需花费大量时间与精力，要跑许多地方去收集写作资料。以前，他曾被洪局长钦点去写一份全县电力设施现状的调查报告，光是全县三十一个乡镇供电所，他就跑了个遍。幸运的是，大家都知道，这是洪局长直接下达的一项任务，李志高就像是钦差大臣走访民间，所到之处，一路绿灯。大家都是关心与支持这项工作，并为此献计献策，尽心尽力。而现在，李志高一心想完成变电站继电保护的调试校验任务，一旦再发现什么问题，或遇到什么拦路虎，要及时与小钱联系。所以，眼下，他并不想接手其他工作，但工会王主席是上级领导，他怎好不服从呢？但愿他交代的是一项简单的写作任务，在短时间里就能够完成的。

　　晚上，到了与小钱约定的通话时间，他向工地上的临时办公室走去。工地上只有一部电话，大家公用。由于这通信资源紧张，原则上，大家为工作上的事才可使用这部电话，至于私人电话，如往家里打去的电话，工友们都只能在电话空闲着时偷偷摸摸地打。每当秦主任走向这部电话机时，打电话人必须立刻中断私人通话，让秦主任优先拨打工作电话。无论这私人电话多么重要，或是正讲到某处节骨眼儿上，或是通话双方兴趣正浓呢，极不情愿中断通话，但也必须中断。这成了工地上一条不成文的规矩。而李志高与小钱的通话，被秦主任视为工作电话。他心里清楚，工地上的调试校验工作中，有许多事需向人家请教呢。因此，李志高使用这部电话时，就无人干涉或阻拦，他可以长时间地占用电话。甚至，连秦主任想用这部电话时，也会等李志高的通话自然地结束。

　　"明天，你们市供电局工会主席要到我们工地来视察，还点名要我帮他写一份报告呢。"说完保护校验的事后，李志高忽然想到了这件事，便在电话里对小钱说了。

　　"明天，我们工会主席要奔赴多处地点，视察工作，也到南台变电站施工工地来看望与慰问施工人员呢。但帮他写报告的事，只有你一个。不过，我们工会主席的千金待字闺中，正张榜招婿呢。你可当心，那飞来的绣球不偏不倚，正中你的宽脑门儿！"小钱与他开玩笑说道。

　　"你错了，我已绣球在手。一个人哪能接两回绣球呢？"

"笨蛋！你扔下手里这只，再接下一只吧。"

"我一点儿都不笨，我可聪明呢！"

"那你听说过狗熊摘玉米棒的故事吗？"

"早听说过了。一只狗熊跑进玉米地里，它见一排玉米长势喜人，根根玉米秆上都结着成熟的玉米棒。狗熊一心想摘一根最大的玉米棒，它就每摘一根玉米棒，然后继续往前走，又觉得到手的玉米棒还不够大，就扔了手里的，再去摘下一根。就这样，它沿着那排玉米秆，从头跑到尾，摘下一根根玉米棒，扔掉一根根玉米棒，不停地重复，最后也未摘到它所满意的玉米棒。结果，它是竹篮打水一场空，一无所获。"

"记得真清楚，你可不要学那只笨狗熊呀！"小钱叮嘱他道。

"你别只顾教训我，你也不要学那笨狗熊。这周末，我可能有机会返城呢，到时候，我到你宿舍去，你要准备好吃的犒劳我一番！"李志高听明白她的话后，顺势反击。同时，也与她定下了周末的约会地点。

第二天，市供电局工会王主席如约来到帅王变电站建设工地。市供电局领导到县供电局的工地来视察，这可是一件大事，县供电局的主要领导一个都不缺，齐齐地来到新变电站建设工地上，现场陪同领导一起检查工作。一时，工地上热闹起来，陪同的人群随着王主席一起像云团般移动。王主席一行进入变电站大门，首先，王主席走进控制室内，县供电局的局长、书记以及县局工会徐主席等跟着一股脑儿拥入室内。当王主席从控制室出来，走向室外高压区里，欲察看刚安装的刀闸开关等新设备时，大家又都集中到室外高压区里。

李志高正在主变压器旁工作，王主席走到他身边，停住脚步，详细询问起来。

"你是李志高？"

"是的。他是电校毕业，前年分配到我们县局来的呢。如今，已成了我们的生产骨干，在工地上挑大梁呢！"

秦主任连忙向王主席夸耀起来。这番王婆卖瓜，自卖自夸的话，李志高听得有些不好意思了，他低下头，紧固着端子排上的螺丝，装着认真干活儿的样子，掩饰自己慌乱的心情。他心里希望王主席他们早点离开主变压器，到别处去视察，好让他专心工作。可王主席却对主变压器相当感兴趣似的，他迟迟不走，继续说道："电校培养出来的学生，是我们单位的宝贵财富。要好好锻炼培养，助他们早日成才，成为我们电力事业的接班人。不但要锻炼他们在一线动手实干的能力，还要锻炼他们在办公室里伏案工作，驾驭文字材料的能力。"

"对，对。下周，李志高就不在这里干活儿了，被借调到工会办公室去协助工作，写古城市电网供电可靠性的调查报告了。"

县供电局工会徐主席也知道这件事，就抢答了王主席提出的问题。其实，他们都已知道这事，现在又重复一遍，有进一步强调的意味，同时，也暗示李志高要心怀感恩。

王主席又看了李志高一眼，他们目光正好相遇。李志高觉得王主席的眼神里，充满温情与关爱，像是一位慈父。李志高认为自己感觉有误。王主席是市局领导，应该感觉到他身上有一种高不可攀的威严，而非平易近人。

周末，李志高来到小钱宿舍时，迎接他的是满满一桌的美食。

小钱也是今天下午刚从南台的工地上返城的。她回来后的第一件事便是去菜市场采购，然后，回到宿舍里，在简易的条件下大展厨艺。红烧肉，清炖鸡，糖醋带鱼，炒马铃薯丝……小钱愉快地忙活着，等待着李志高前来敲门。

"有酒吗？"李志高觉得面对这一桌丰盛的晚餐，应该喝点儿酒。

"你想喝酒？"

"我们都得喝点儿，不然，对不住这满桌的好菜呢！"

"那你下楼去，出门左拐，走几步便有一家商店。想喝啥，就买啥酒。"

"行，我去买瓶红酒。"

一会儿，李志高买了一瓶红酒回来。"你知道我下楼遇见了谁？"李志高对她说道。"谁？""工会王主席。""你与他打招呼了？""已迎面相遇，避让不及了。我只好招呼一声，王主席你好。""他是何反应？""他点了点头。也不知他知不知道我是谁？说不定只是礼节性地点一下头，他根本就不知道我是谁。""未必，听说我们的王主席记忆力惊人，即便与他一面之交的人，他都能记住对方，记住曾经在什么地方因为什么事而打交道的。看来，你与我们王主席挺有缘。""对，我与市局干部职工都有缘分。"

热菜上桌后，两人对坐，晚宴正式开始，小钱首先致辞："对李志高光临寒舍，表示热烈的欢迎。希望你狼吞虎咽地吃菜，以实际行动表明今晚这桌菜烧得好。"李志高以唐诗作答："露从今夜白，月是故乡明。还是私人小厨的饭菜可口。若不嫌弃的话，今后，我将频频光顾，屡屡打扰。"他建议为这美好的周末夜晚干杯。

小钱举杯响应，两人一饮而尽。今晚喝酒，小钱就不再推三阻四的了。她有三条理由支持自己这么做，第一是，今晚周末，喝多喝少，明早都可以睡个懒觉，而不用急着上班，此谓占得天时。第二是在她宿舍里，她又占有地利优势，即使喝醉也无妨。第三是仅与李志高对饮，她已知道李志高的酒量，一对一时，自己未必会输给他。而更重要的是，他不是对手，而是男朋友。因此说，小钱此时饮酒，于天时地利人和三方面，样样都占优势，她便彻底打消了思想顾虑。而李志高也很想借助杯中之物，进入言行自由的境界。他已尝到了进入酒后佳境的甜头。今晚，他愿意重温旧梦。

吃完饭，李志高自觉地承担起收拾桌上剩菜残局的任务，小钱很高兴，她觉得李志高挺懂得体贴人的。此时，她确实有点累了。于是，她舒服地坐在椅子上，欣赏着李志高动作麻利地忙家务的场景，仿佛，她已眺望见未来幸福的家庭生活……

当李志高未介入调研报告工作时，以为这工作会多难多复杂，而他到市局工会报到后才知道，这项工作的主体已完成，进入了校对定稿打印的尾声。他只是坐在办公室内做一些文字校对工作，所以很轻松。在等待他人的时候，李志高有闲暇可以喝茶看报。而且，这空闲时间较多，李志高也没有选择离开办公室，他在这儿看了许多报纸，对最近的国际形势了解得相当透彻。李志高后来承认，自己对国际国内形势称得上了如指掌的，也就是在那个时期。那是细致入微的熟悉，无论是以前，还是今后，都不曾像那时一样不间断地天天阅读《参考消息》，深入了解当前形势。

　　李志高见办公室里赵阿姨在电脑上制作图表不算熟练，便自告奋勇地帮她完成这项任务。小小的鼠标，对李志高可是百依百顺，完全按照他的心意，在电脑屏幕上展现出他希望见到的图表。一会儿工夫，一张理想的图表便制作完成了。赵阿姨羡慕不已。要知道，她费一天时间，也未必能独立完成这样一张完美的图表呢。"你们年轻人头脑好使，心灵手巧，无论学什么，都能很快地掌握。李志高，你有对象了？"赵阿姨问道。显然，接下来，她会很乐意为李志高当红娘，给他牵线搭桥呢。但工会办公室的高主任插话说："好啦，好啦。你表扬李志高是可以的，但其他话就别说了，就事论事，继续讨论图表问题吧。"

　　李志高刚要回答赵阿姨的话，但见高主任打断了赵阿姨的话，他便知趣而止，没有回答赵阿姨，而是继续制作第二张图表。而赵阿姨抬头望着高主任的方正脸面，从他脸上读出了言外之意。他们是多年的同事，彼此熟悉，因此，赵阿姨也打住话头，留待以后有机会单独询问他，为何不让她给李志高介绍对象。

　　这天下午，李志高正伏案书写，王主席来到他们办公室。赵阿姨与王主席是多年同事，因此，他们见了面，说话就比较随便。"王主席，今儿什么风把你吹来的？你可是我们办公室的稀客，难得来一趟呢。"赵阿姨首先说道。王主席对她的话并不在意，也以轻松玩笑的口吻回敬她："想你们了，今天就来了。你今儿化的淡妆吧，我闻不到你的香水味呢。"

　　"主席，找我有事？"高主任凑到王主席面前，点头哈腰地说道。"没啥要紧事，就是来看一看你们，大家自便。"办公室里所有同事们，听到王主席这句话，就又重新坐下来，各人继续忙自己正做的事。王主席刚走进来时，大家都不约而同地站起来，欢迎王主席的到来。李志高见状，也赶紧站起身来欢迎王主席。现在，他又随同事们坐下来，继续干活儿。王主席走到他办公桌前停住。

"现在的年轻人，真是厉害得不得了。电脑操作，得心应手。我们办公室真稀缺李志高这样的人才呢。"高主任见王主席停留在李志高桌前，遂趁机夸奖起李志高来。夸得李志高都有点不好意思了。

"小王啊，你除了完成调研报告的撰写任务，还要挤出时间来，教一教大家如何正确使用电脑。要将你在学校里学到的电脑知识，毫无保留地传授给大家啊。"

"是，是！"李志高连忙答应王主席，同时，他也无师自通地点头哈腰起来。后来，李志高就总结出这么一条经验来，在领导们身边工作，真是一个特殊的环境。这里，百炼钢可以化为绕指柔。都说环境造就人，这话一点儿不假。无论谁，在这特殊的环境里工作时间长了，都会发生改变的。这样的变化，未曾经历的人，也许会看不惯，会不以为然，嗤之以鼻，甚至加以批评与挞伐。但对经历过的人而言，却是自然而然的改变，是水到渠成、顺理成章的变化。

这天傍晚，临近下班时间，高主任走近李志高桌旁。李志高习惯地以为他是来检查自己当日工作完成情况的，便站起身来，将电脑里自己所写的东西调出来，准备让高主任审阅。高主任却笑呵呵地对他摆一摆手，示意他先坐下来。这肢体语言已暗示他，今天就不检查他工作了。那么，高主任为何而来呢？

"这是一张电影票，今晚八点十分的一场电影。你去一下，陪同王主席的家人看一场电影。"

"他家的谁呀？"

"你就不用多问了，去了就会知道。"

"行。"

"这是一项重要的任务，一定要完成好。"

"是！"李志高有力地回答道。高主任听了感到满意，他又拍了拍李志高的肩膀。然后，转身走了。

当时因为年纪轻，许多事情真不懂。李志高猜测自己是陪同王主席家一位需要照顾的老弱病残看场电影。他听人说过，王主席有一个智障的孩子，这孩子犯病的时候，还动手打人呢。别看主席在单位里是一位领导，可他在家里，却是一位好父亲。为这智障的孩子，他什么事都愿意做，喂饭、洗澡、理发等。这智障的孩子得到父亲最多的关爱。李志高想，今晚如何陪一位智障人一起看电影呢？虽然他没有这方面的经验，但他做好了充分的思想准备，包括到商店里买了一大包零食。若他在公共场合乱讲话的话，就一个劲儿地劝他吃零食，让他嘴巴没工夫说话。

李志高准时走进电影院，当时，他身边左右两旁都是空位。一时，他不能确定要照顾的对象，在左还是居右。

一会儿，左边座位来了一位模样平常的女孩。她没有与李志高说话，李志高也没有兴趣主动搭理她。

临近放映时，右边座位的观众也来了，是一位健壮的小伙儿。他挽着一位漂亮女孩的手，两人一同进场，明显地，他们是一对恋人。至此，李志高明白过来，今晚，他是陪左侧的姑娘看电影。

熄灯后，开始放映。黑暗中，那姑娘问他："你是李志高？""是的。你是？""我是王冬冬。""哎，你就是王主席的女儿。""对。"电影开始放映，李志高与小王也彼此相识了，至此，李志高终于明白了，原来自己是陪王主席的女儿一起看电影。

电影的内容，李志高几乎都没在意，他思想上小差儿开得厉害。面对这突如其来的情况，他想了很多。但他很快拿定主意，绝不背叛小钱，必须忠贞不二地与小钱好下去，将与小钱的恋爱进行到底。今晚这事，到此为止。看完电影后，散场时，他礼貌地与王冬冬说声再见，然后，丢下她一人，独自转身离去。王冬冬在他身后望着他的背影，惊讶得说不出话来。

第二天上班后，在办公室里李志高遇见高主任，李志高礼貌地喊一声："高主任早！"可高主任没搭理他，脸色也很难看。李志高不知是何原因，便谨慎地离他而去，做自己的事去了。

"你回工地去吧，这里的工作，你已经完成。谢谢你的帮忙。"

在主任办公室内，高主任冷冷地对李志高说道。他嘴里说的虽然是感谢李志高的话，但神态表情，表达的却是另一番意思。李志高觉得自己像是接了一个流涎的吻，感觉很怪异。高主任始终不说明原因，李志高只能猜测各种可能性。他也想到了与王冬冬看电影的事。他认为高主任只能管他工作方面的事，而自己生活方面的事，高主任无权干涉。现在早已不是封建社会，休说高主任，就是他父母，也不能包办他的婚姻，恋爱自由，这是他的权利。因此，李志高带着固执的情绪，重新回到了工地。

李志高回到工地，向秦主任报到。他未开口说话，秦主任就已知晓情况。"你先去继续调试保护设备吧。待有闲空时，我将事情的道理，说给你听，你自己判断，我说得是否正确。"秦主任对他说道。

李志高回到工地继续干活儿，大家并不感到意外，认为他重返工地是迟早的事。因为工地需要他，他校验设备的事还没做完呢。秦主任舍不得他走，他是秦主任的左膀右臂。再说，工地上大伙儿也普遍喜欢李志高。但这次张师傅却唱反调，他说李志高重返工地的这一天，对他而言就是一个不吉利的日子。因为，张师傅这天在工地上干活儿时，他的左脚被高空坠落物砸伤了。

那时，李志高在室内继电器屏上干活儿，张师傅在室外油开关旁干活儿。虽然是一个在室内，一个在室外，但仅仅是一墙之隔，墙上的落地窗尚未安装玻璃。他们一边干活儿，一边说话。忽然，李志高听到张师傅一声惊叫，李志高抬头望去，只见张师傅丢下工具，双手抱住左脚，痛苦地蜷着身子。李志高见状，连忙奔向室外。

只见张师傅双手紧捏住左脚伤口处，殷红的鲜血从他指缝里冒了出来，不停往外流。这情形必须首先包扎止血，可现场没有布带类的包扎物，李志高毫不犹豫地脱下衬衫来，往张师傅脚上一层层地包裹。刚裹第一层时，鲜血很快地渗出来，第一层衬衫被鲜血染红了。包裹上第二层时，鲜血的红色又缓慢地透出来。李志高一气呵成地为张师傅包裹了五层。然后，他命令张师傅平躺着身子，他将张师傅受伤的左脚高高托起，在后来去医院的路上，他就这么一直托举着，确保受伤的脚高于张师傅的身体，这姿势有利于止血。

在医院里，医生采取了一系列规范的医疗措施。医生以专业手法将张师傅的伤口包扎好。但医生对于他们在第一时间里采取的现场急救措施给予了充分的肯定，赞扬他们的止血措施及时有效。

李志高的衬衫报废了，秦主任要用公费买一件新衬衫送给李志高。张师傅知道后，他心里过意不去，坚持要自己出钱买一件衬衫送给李志高。秦主任说："这事你就别争了，你是在工地上受伤的，完全属于工伤。明天，让老吴去镇上买菜时，挑一件最好的衬衫回来，同时，要给你开小灶，增加营养。"张师傅听了，无话可说。其实那时，商店里商品远不及今天这般种类繁多、琳琅满目，况且，又是镇里的商店。老吴买衬衫的时候还将尺码记错了，李志高根本就没法穿那件衬衫。但李志高没有吭声，他不愿让大伙儿纠结于这事。他悄悄地将老吴新买的衬衫收藏起来，再也没有拿出来穿过。

"李志高啊，你要扎根生产一线，至少多干五年喽。"这天，李志高到工地办公室去打电话，秦主任也在，办公室里就他们俩。秦主任对李志高说道。

"为啥？"

"你已得罪了领导。本来，人家的意思是，你这次基层锻炼后，就调你上去坐办公室的呢。"

"现在，早已是恋爱自由的年代了。"李志高说。

后来，随着时间的推移，李志高明白了秦主任的一片苦心，他发现自己进步的通道已被彻底封堵。不过，李志高并不后悔，他认为，如果时光能够倒流，让他再做一次选择，他仍然会选择自由恋爱，与小钱结合是他今生最得意的一件事，诚如情圣所言：地老天荒爱情在，海枯石烂不变心。

年底，110千伏帅王变电站通过竣工验收。大伙儿返城后，敲锣卖糖各归各行，大伙儿又都回到自己先前的工作岗位，从事自己的本职工作。

第二年秋天，李志高又奉命到110千伏花冈变电站新址展开先期工作。这时，李志高已取得技术员职称，工地上涉及的所有图纸等资料统统归他管。名义上，他负责工地上的技术业务，可其他方面缺人手时，他就得临时客串一下别的角色。比如，这天晚上，看管工地上负责现场堆放各种电力物资的王大爷，因他家里老伴突发急病，连夜赶回去照顾老伴。李志高便从工地宿舍里搬出来，独自一人住进位于大门口的工棚里，睡在堆满电缆角钢的场地近旁，照看它们。

秋天的田野上已经是空荡荡的了。秋风从田野上掠过时，无所阻挡，速度飞快。而当秋风碰到变电站的围墙时，一路高歌的秋风骤然受挫。显然，秋风还不适应这儿新建的变电站围墙。秋风撞在变电站围墙上，发出凄惨的嚎叫声。

深夜时分，李志高已迷迷糊糊地睡着了。忽然，门外场地上的钢管滚动起来，金属碰撞声惊醒了他。他急忙冲出门外，跑到堆放钢管的地方。只见，白天里堆得齐整的钢管，已经稀里哗啦地塌方了，散落一地，但是，周围却看不见人影，这分明是有人翻动了钢管才导致整体塌方的。李志高不信没有人碰，就围绕着散落的钢管四处寻找。这时，从黑暗的排水沟里，突然站出一个人来。那人手握一把刀子，刀子的平面在月光下寒光闪闪。李志高见了，不由得后退两步。那持刀人说话了。

"若你识相点儿,你我就井水不犯河水。你别挡我们的道,我们扛两根钢管回家;若你多管闲事,那就白刀子进,红刀子出!"

这时,排水沟里又冒出一个人来。他们仗着二比一的人数优势,且又有刀子在手,料定李志高不会阻拦的。他们跃上沟来,从容不迫地从地上搬起钢管,扛到肩上。然后,大模大样地向门口走去。

李志高没能做出英雄壮举来,他眼睁睁地看着他们离去,没有上前阻拦。第二天一早,李志高如实地向领导汇报此事,当时,大伙儿都在屋里,秦主任虽有心袒护李志高,但是,大伙儿都在场,都知道这件事,几十双眼睛瞧着呢,一碗水必须端平,秦主任爱莫能助,只好顺坡走丸,照章办事,安排张师傅他们去现场,清点钢管缺少的数目。结果发现,被偷的数量远远超过李志高所说的数目,由此得出结论,李志高不老实,虽向组织坦白交代了问题,但是仍然有所隐瞒。原来,钢管已被盗了多次,以往历次被当地村民偷走的钢管数目,今日被一并清点出来,统统都记在了李志高名下。

李志高后悔得肚肠发青,做梦都未想到,好心好意地代门卫看一次场地,就夜遇小偷,自己真够倒霉的。出了事没隐瞒,自己主动报告领导,原想得到坦白从宽的处理结果的。但秦主任虽然有心保护他,却也是爱莫能助。现在好了,连市公司保卫科的同志都知道了这事,人家责令古都供电局严肃追究当事人的责任,害得秦主任整日焦头烂额,反复地写事件经过与处理结果,却屡屡被退回重写。现在,他也是泥菩萨过河,自身难保了。

一星期后,古都供电局对李志高的处分结果下来了。秦主任受警告一次,李志高的预备党员延期转正,扣奖金半年。秦主任找李志高谈话，既是同病相怜地安慰他，更是提醒他，要经受得起挫折，做到真金不怕烈火炼，这是一次打击，也是一次考验。要他安心工作，在新变电站建设过程中，继续挑重担，攻难题。有许多双眼睛正盯着他呢，让幸灾乐祸的人闭嘴，让关心爱护他的人放心。李志高木然答应。他走出秦主任的临时办公室后，回到自己的宿舍里，睡了一天一夜。

小钱来到李志高宿舍时，他仍然抱着被子蒙头大睡。

"你成仙啦，一日三餐都免了？"

小钱掀起被角，逗他道。

"我不饿，只是想睡觉。你怎么来了？"

"我打电话找你的，秦主任接的电话，让我抽空来一趟，说你有点事。原来如此。"

李志高下床来，小钱陪他到食堂吃了一碗冷饭。这时，秦主任过来找他，让他到局里参加工程协调会，其实，秦主任也是给他一段冷静的时间，让他与小钱一起回城。

在返城的公交车上，李志高一直向小钱倾诉心中的委屈，直到下车，心里话还没说完。的确，李志高在工地上吃了许多苦，真是做事愈多，犯错的概率也愈大。这回委屈够大了，竟意想不到地摊上了入党延期转正的祸事。这个弯儿李志高一时转不过来，因而，他灰心丧气。小钱安慰他，幸亏你没将钢管拿回家去，只是你看管不严，让别人偷了，这也不是什么大不了的事。胳膊扭不过大腿，上级已经定案的事，你就不要再想了。何况，你也不是完全清白无辜的。这事就过去了，今后，你要一如既往地好好工作。路遥知马力，日久见人心。

李志高与小钱并排坐着，她开导他时，他朝她看去，一直瞧着她的表情。他今天才发现，小钱不但技术业务精湛，对人情事理的认识也相当深刻。经她一路开导，李志高的心情好转多了。那时，没有遇上想不开的事就去找心理医生的说法，但事实上，在我们生活中，"心理医生"早已有了，不过，他们都是兼职的，你的贤妻良母、至亲家人都可能成为你免费的"心理医生"。

"我们结婚吧。"到了小钱宿舍，李志高认真地对她说。

"你这是深思熟虑呢，还是一时冲动？"小钱反问他。

"我睡了一天一夜，其实，也想了一天一夜，我这是深思熟虑后说的话。这样做，既能'立太子为王，以绝秦望'，又利于我们今后共同的工作与生活。"

"立太子为王，以绝秦望！"小钱理解他的意思。他们相视而笑，两位年轻人的人生大事，就这么敲定了。

李志高向单位后勤部门提出申请，得到一间不足十平方米的婚房。房子小，装修也容易，只花一星期时间，房间里就被布置一新。这间单位闲置的仓库改头换面，就算是婚房了。他们又通知双方父母见面，共同商定一个好日子。没过多久，被邀请的双方的亲朋好友都来参加了他俩简单的婚礼。他们向周围邻居们散发几斤喜糖后，便正式对外宣告：一对年轻人在此结婚成家了。

婚后第二天，李志高接到工地上秦主任打来的电话，说哈尔滨厂家发了一批货到工地，但他们都不熟悉这批货物，无人敢签字确认收货，希望他立刻到工地来处理这事。而李志高走后，小钱一人独守空房也觉得没意思，索性她也上班去了。

古都供电局安排李志高到变电站建设工地上锻炼是有用意的，

是考虑提拔重用他的。但后来由于上级部门的干预，为避免与上级个别领导之间的"矛盾冲突"，就暂不考虑提拔李志高了。于是，又让李志高回到变电工区去干变电检修的活儿，同时，也在一定程度上照顾了新婚的他。在变电站建设工地上，他一个月难得回城一趟。而干检修的工作，则是至多到现场一星期就可以回家一趟。

若不是意外情况出现，李志高就只能一直干他的变电技术员活儿了。他结婚后第二年，秦主任忽然生了一场大病，急需到上海去手术治疗。变电工区里，不可一日无帅。洪局长问秦主任："你去上海治病，谁能接过你的工作重担呢？"

"李志高。"

"他行吗？是不是太嫩了点儿？"

"行。早就应该提拔人家了。在生产一线上摸爬滚打，谁都可能出一些岔子。金无足赤，人无完人。看人要看主流，看本质嘛。我看李志高能行。将变电工区交给别人来当家，我外出看病也不放心呢。再说，今年又有新变电站的建设规划，既要抓生产，又要抓基建，非精力充沛的年轻人来当家不可。现在提拔李志高，既是组织上对他的信任，也是给他压担子。将来，变电工区生产建设任务越来越繁重，迟早要让年轻人来当家主持。"

"行。你现在去上海安心治病。将来治好了回来，再给小李当参谋，在他工作上遇到困难时，来帮他出一出主意。"秦主任见领导采纳了他的建议，长舒了一口气。第二天，他放心地去上海治病了。可李志高上任不久，张师傅就给他制造了一个大麻烦。

三、老骥伏枥千里志　奉献余热夕阳红

"救人啊，救人啊！"

站在河岸上的人们忽然吵嚷起来。因为，他们几乎同时看见，不远处，在那泊岸的木船上，有一高个子男人，不知何故忽然从船上坠落水里，并且，再也没有从水面上露出身来。因此，人们一面叫喊着救人，同时疾速地向着停船方向奔去，正准备下水救人。忽然，又有人大声制止道："不能下水，水里有电！这是属于供电局的柴油机船！"一听说水里有电，人们无不谈"电"色变，谁也不敢贸然行事。于是，他们四五人虽已冲到最接近落水者的对应岸边，都紧急刹住脚步，一字排在岸边，齐声呐喊："救人啊！救人啊！"人人都声嘶力竭地叫喊着。而那原先准备涉水救人的，眼下他们将全部力量都用到呐喊上。这救人的呼喊声，顿时若惊雷阵阵，力度空前。

这带有发电机的船上，发电机一直在工作着。它发出的噪声，起码有一百分贝。机船的船舱里，其实此时有人，张师傅正在舱里休息。起初，他并未听到救命的呼喊声，但后来，呼救声陡然增高，他才猛然听见从岸上传来似疾风暴雨似的呼救声。他从船舱里探头出来，一瞧，他知道情况不妙，一定是出啥大事了。那岸边站着数十人，并且人数还在持续增加，所有被惊动的人们，从四面八方向这边奔跑过来。人人脸上都是惊恐不安的表情。张师傅立刻跑到船头，果断地关停了正处于工作中的柴油机。顿时，周围安静下来。于是，他清楚地听见，岸上呼救的人们正七嘴八舌地议论着，有人从船头位置落水了。

张师傅低头一看，果然，有个人正趴在水里呢。近岸水浅，因此，张师傅将落水人的身影看得清清楚楚。那人完全沉浸在水里，除非他是一条鱼，否则，以这样的潜水姿势是绝不能维持多久的。张师傅毫不犹豫地跳入水中，他立刻托起落水人的头部，竭力挽救落水人的生命。张师傅与这落水人是有直接关系的。若是落水人死了，张师傅是绝对脱不了干系的。

二十世纪九十年代，包括电力设施在内的所有社会基础设施都普遍地陈旧落后。社会主义与人们对美好生活的向往与追求差距很大。古都县总共只有6座变电站，平均下来，得四五个乡镇合用一座变电站。古都县的供电状况就很不平稳，晚上，大伙儿集中开灯照明时，这些老旧变电站根本负担不起万家灯火。于是，变电站的开关动辄保护跳闸。电力就像一个叛逆期里的孩子，总是与他的衣食父母对着干。在夜晚的用电高峰期，人们普遍地需求光明时，它却辜负大家的期望，贸然停电，令全乡镇的居民百姓一下子退回到黑暗之中。那些老旧变电设备，维修时间很长，

35千伏变电站里的一台油开关，需一星期左右的维修时间。供电局师傅们到现场去维修，都做着打持久战的思想准备。供电职工的家属都已习惯了这一点。男人下乡到变电站去参加检修工作，得需要一星期时间才能回来呢。而且，古都县境内水乡芦荡多，许多乡镇陆路基本不通，只有乘船沿水路往来。

供电局的机船来到秦西镇，就是对位于这镇上的一座35千伏变电站进行为期一周的设备大修的。目前已经连续维修了三日，工期过半。35千伏西龙变电站里自然是全站停电，不过供电局派来的机船上有大功率的发电机，供城里来的供电工人在船上的生活与照明用电。机船附近的住户非常羡慕供电局派来的机船上夜夜灯火通明，照亮四周。有的住户人家，就与机船上供电师傅协商，能否连一根线，让他家里闲置的电灯也明亮起来，停工的风扇也转动起来。他们一面对供电师傅说好话，一面还辅助以种种小恩小惠，送些草鸡、鸭蛋等土特产给船上的供电师傅们。虽然，供电局有明文规定：不允许对用户拿卡要物，不允许用户私拉乱接电线，但在时常闹电荒的年代，这规定难以严格执行。一般而言，机船上供电师傅还是好说话好协商的。因为，一星期后，西龙变电站检修完毕，那时，当地住户们的用电就可以恢复到过去的常态。机船上的师傅们在此工作完毕便机船起航打道回府了。所以居民们请求接临时用电，也就是在变电站短暂停电检修期间的事儿。他们乐得做一回好人，甚至会收下人家送来的土特产，象征性地付给人家一点儿钱，就把人家的一根电线接在与发电机相连的闸刀下桩头上。按理说，这闸刀上有保险丝，一旦有人触电，保险丝能快速融断，就会自动断电的。可住户们都渴望着有一个灯火通明的夜晚，张家说这样一条理由，接通了电；李家便说那样一条理由，也接通了电……到后来，凡是家中备有足够长度电线的住户，家家都会通上电。因为，机船上供电师傅对他们是有求必应，努力将这一碗水端平，供电师傅不搞厚此薄彼的。于是，闸刀下桩头就不够用了。后来的住户干脆将自家的电线接到闸刀的上桩头，因而失去了保险丝的保护。那落水者，就是在闸刀上桩头接自家那根电线时，不慎触电落水的。

张师傅是负责管理机船上的这台发电机的，此时，有人触电落水，他顿时意识到问题的严重性，吓得面色如土。他站在水里，怀抱着落水者，慌张得不知如何是好。岸上群众见能下水了，便纷纷涉水拥挤着过来，众人七手八脚地将落水者抬上岸去。而有抢救溺水者经验的人，便自告奋勇地站出来，指挥大家将那人翻转身来，使落水者背朝天，面向地，以便将他腹中肺内的积水，统统排挤出来。在救援人员的反复拍打下，终于使在长时间里一动不动的落水者有了动静。他一张口，随后吐出一大口水来。拍打的人见他的拍打有了功效，便拍打得更卖力了。而落水者一旦吐出第一口积水后，后面就顺畅多了，他接二连三地吐了多口水后，慢慢睁开了眼睛。张师傅见他睁开了眼，心头压着的大石头顿时落了地。张师傅感到一阵轻松，他知道落水者有救了，已无性命之忧，接下来，只是负伤轻重的次要问题了。

张师傅与大伙儿一起，将落水者送到镇卫生院接受进一步治疗。治疗期间，张师傅每天都到病房里陪伴他，与他聊天话家常，有意识地与他多沟通，培养感情。先前，那人是求着张师傅送电的。现在，却是张师傅求着人家了。张师傅一心盼望着能够大事化小、小事化了，竭力争取不惊动自己的单位，免得被单位追责处分。张师傅将先前收到的鸡鸭等土特产，像乌鸦反哺似的，在机船上煮成一碗碗热汤热菜，天天送到卫生院里去，给落水者补身子了。不仅如此，他还自掏腰包，从菜场上买来黑鱼，煮雪白的鱼汤给病人送去。因为病人说黑鱼汤的营养价值更高，张师傅也就随他的意思，他努力做到让人家满意。这次，张师傅是赔了夫人又折兵。先前所收的土特产，已悉数退回，这还不算，另外又自掏腰包，买了营养品送去。

35 千伏西龙变电站维修完毕，机船返城，张师傅却留了下来。因一位值班师傅生病去城里住院治疗，李主任便安排张师傅在变电站留下来顶替人家值班三个月，李主任叮嘱张师傅注意观察这次大修是否有遗留问题存在。张师傅白天认真工作，晚上就去医院陪护病人。张师傅平时工作表现不错，通常，他一旦开口，李主任都会考虑与满足他的请求。张师傅心里清楚，此时，若是擅自离开这里，将人家遗弃在医院里不闻不问的话，人家准会到供电局上访闹事，这事就会宣扬出去，闹大到不可收拾的地步。唯有他坚守在这里，才可能稳住局面。

一星期后，自己的男人没有按时回家。张师傅的爱人张嫂开始局促不安了。她向熟悉的人打探："我家老张与你们一起到秦西镇去工作的，你们都回来了，他为何没有回来？"面对张嫂的发问，张师傅的同事们，有人选择沉默，只是笑而不答，因为检修工区李主任要求大家，在张师傅处理完毕这事前，谁都不要对外乱说，最好是一声不吭。有人面对张嫂的追问，觉得若是一味装聋作哑的话有点说不过去，毕竟与老张相处得不错，与张嫂也是互相熟悉的。于是，就与她开玩笑说："张师傅之所以留在秦西镇，是因为他在那里又找了一位丈母娘，现在，他留在丈母娘家呢。"张嫂知道对方说的是玩笑话，但除此之外，人家啥也不说。张嫂没办法，只好亲自前往秦西镇，到那边去走一遭，看一看他留在秦西镇究竟是为啥。

张嫂乘船来到秦西镇，终于在变电站里见到老张。只见，老张苦着脸，以一副哭腔告诉她，因为他对机船上的发电机管理不善，致使一位村民触电，现在，人家正住院治疗呢，险些闹出人命。万幸的是，落水者活了下来，接下来是赔偿问题，又不知该如何处理。张嫂则埋怨他，眼看今年年底就要退休了，儿子将参加今年招工，根据招工条件，有望进入供电局工作。在这关键时刻，你却晚节不保，闹出了大事。还好，人还在，你为啥在电话里死活不肯说明这事？早说了，我就会早点过来帮你，与你一起护理好人家，争取人家的理解与宽容，妥善处理好这件事。张嫂一席话，将老张说得像是犯错的学生面对令人敬畏的老师一般，唯有垂头认错，两手互搓。但他心里却轻松一些了，因为今日，他将这件对她隐瞒了多时的事，终于向她如实坦白交代了。而且，张嫂是一位能干的妇女，由她陪护住院的病人，说服病人的效果肯定要超过老张的。这一点，老张心里十分清楚。因此，他就放心地让她插手这事，时常让她独自一人送饭送汤到医院去。

这天晚上，老张到乡下的张家村去，管了一回人情，他的二连襟家大儿子结婚，请他去吃喜酒。他高高兴兴地带上份子钱，到二连襟家喝喜酒去了。

老张到了二连襟家，受到主人的隆重欢迎。首先，老张年纪大，小辈们见了他，都一口一个张叔叔好，叫得亲热。老张听了，心里高兴。其次，他是供电局职工，在缺电的年代，这职业特别吃香，不亚于今日的公务员。那时，谁家都会有孩子生日满月或结婚治丧等家庭大事要操办，而操办这些事时，当晚必须来电，才有光明可言。因此，人们时常通过直接或间接的关系到供电局里来，预约在办事的那天晚上，能够让家里有电，确保灯火辉煌。例如，张三的舅舅在供电局工作，张三就去找他舅舅求情。或者是张三舅舅的弟弟在供电局工作，那张三就拐弯抹角地行事，托他舅舅去找舅舅的弟弟求情。老张的连襟早在一个月前就与老张预约了今晚的用电事宜。老张很重视此事，因为他的二连襟不愿意轻易地求人办事，不愿意看人脸色，做低伏小的。一般情况下，他能自己做到的事，都是默默地自己独立去完成。今晚，儿子结婚用电，他实在是无能为力，才向老张寻求帮助的。于是，老张对他郑重承诺，当晚一定会有电。老张将此事牢记在心上，一直予以跟踪关注。两星期前，他从供电局调度部门得知，已计划安排对35千伏西龙变电站进行为期一周的设备大修。他听了，连忙上下联系，多方奔波，希望将设备大修的日期往前移一星期，以保障他二连襟的儿子结婚时能用上电。可调度人员告诉他，设备大修是按排序进行的，若是你们工区将前面的一项大修任务提前一星期完成了，那么，35千伏西龙变电站的设备大修自然就提前一星期进行。人家将球踢到他这边来，他便向工区提出申请，亲自驾驶单位的柴油机船，带着变电检修的同事们来到秦西镇，提前开展变电设备大修工作。谁知，竟发生了人身触电事故，给老张徒添莫大的烦恼。不过当晚，他到达二连襟家后，受到大家的热烈欢迎，见到所有客人沐浴在明亮的灯光下走动与说话，他心里得到了些许安慰。

入席时，大家一致要求老张坐在首席上。老张却迟迟不肯入席。他觉得在现场的亲朋好友当中，堪称德高望重的大有人在。因此，彼此推来让去，都不敢往首席上坐。这时，一位须眉皆白的长辈说话了，他对张师傅说："你必须坐首席，乡亲们吃水不忘挖井人，我们感谢你呢。今晚的光明是你带来的。你是我们最受欢迎的客人！"长辈一席话，一锤定音，老张就不再谦让下去了，恭敬不如从命，他顺从大家的意见，端坐首席。而首席上客人一旦落座后，其他座位上的客人安排就容易多了，各人根据与主家的亲疏关系及自己的辈分，自行地对号入座。一会儿，屋里屋外数十张大桌皆已座无虚席。

接下来，爆竹声响，成排的爆竹相继发声。火花前赴后继奔向漆黑的天空，将天空霎时照亮。而喜庆的烟雾未散，主人又登场致谢。他感谢大家光临，恳求众亲友们今晚一定要开怀畅饮。灯光下，只见刚端上桌来的热菜热气升腾。人们的脸上洋溢着幸福与快乐的神采。在明亮的灯光下，一切都是清晰可见。

酒过三巡，客人们喝酒的积极性已被普遍调动起来，向今晚喜宴的高潮进发。人人心中的豪情如雨后春笋，正直往上蹿呢，突然，灯熄了，屋里屋外都陷入伸手不见五指的黑暗中。顿时，人们手中搛菜的筷子失去了目标。端起的酒杯不知敬谁，为避免张冠李戴敬错了酒，人们便谨慎地中止了。

"电灯熄了，快点上蜡烛！"黑暗中，有人提议说。

"原以为今晚不会停电呢，所以就没有准备蜡烛。"主人如实回答。

"那就快到商店去买！快，快！"客人已是急不可耐了。

"是，是！"主人觉得内疚，对不住大家，他连声答应客人的要求。今晚的喜宴，准备得不周到，这是主人的严重失职。

"供电局的师傅在吗？这是怎么一回事啊？"

终于，有人向老张发难了，对于老张来说，最难堪的一幕上演了。黑暗中，渴望光明的客人忽然想起了席上正有一位供电局的师傅呢。但是无人回答，老张沉默着。他庆幸自己身在黑暗之中，他因祸得福地受到了庇护。否则，这张老脸也会羞得无地自容的。

后来，大批蜡烛买来了。每张桌上都立着三四支蜡烛，连厨房里、庭院中，以及每处黑暗的角落里，都立着蜡烛。仿佛这些蜡烛是督查人员，来监督今晚的客人们是否开怀畅饮呢。虽然点燃了很多蜡烛，可它们的光亮终究比不上电灯明亮，有些阴森森的。而且，庭院里点燃的蜡烛，随时可能被风吹灭。明显地，客人们的情绪都受到黯淡灯光的不良影响。有老年人抱怨看不清自己喜食的肉圆，不知它盛在哪只碗里。热闹场合下，孩子最快乐。可孩子们在奔跑时，因光线暗，未看清前方的凳子，被绊倒在地，疼得大哭起来。这哭闹声，成了今晚喜庆场合里不和谐的杂音。

老张的思绪，长久地停顿在停电的一瞬间。他百思不得其解，这说好的电，怎么就停了呢？他千叮咛万嘱托人家，今晚是他二连襟儿子的大喜之日，请务必送电。他额外地付出操劳，请同事们帮忙，提前一星期来秦西镇检修供电设备，为的就是避免今晚停电。可真是怕啥就来啥，今晚偏偏就停电了。过去，他给乡亲们帮过了多少回忙，送过了多少回电。乡亲们说，村里与老张之间，有个热线电话呢。打给老张的，多半是要电的电话。几乎从不例外，他都满足了人家的要求，偏偏今晚给亲戚送电的事，却给办砸了。后来，一道道热菜上桌，乡亲们一次次地给他敬酒，他都不甚记得自己是如何应酬的，他完全陷入自责与内疚情绪的泥淖里，不能自拔。

晚上，他失魂落魄地回到西龙变电站里，张嫂也回来了，可她的心情与他截然相反，就像是地球的南北两极。今晚，她做病患的思想动员工作取得了重大进展，患者自我感觉良好，觉得身体恢复得可以了，医生也说可以出院了。患者主动提议，明早出院，至于赔偿的事，略意思一下就行了，毕竟老张也是做好事的。而且今后，也许还麻烦老张帮忙送电呢。

张嫂喜不自胜地描述医院里的情形，她认为自家老张依旧是威武的，纵使现在落难时分，可人家仍拿长远眼光看待他，认为今后还要有求于他呢。但是，老张却垂头丧气地对她说，今晚送电的事，又给办砸了，他一直到现在，心里还难受着呢。张嫂喝令他，在这节骨眼儿上，千万别提倒霉事，人家对你今后有所期待呢。所以，人家才这般宽容你，从轻发落你。你可不能自毁形象，净说泄气话。总之，精气神儿要足，让人家认为你值得信赖，可以托你办事。

老张听了，低头不语，他沉思良久，觉得自己这一角色真是一个矛盾体，太难扮演了。后来，老张从供电局调度那里了解到，引起当晚停电的真正原因是：当天是个好日子，这条输电线路下，同时有三户人家举办婚宴，而且都托人打了招呼。结果，因为35

千伏西龙变电站负荷太重，一送上电就自动跳闸。这就是当晚电灯连续明灭三次，反复挣扎的原因。老张听了，一声长叹。

到年底，老张提前办理退休手续，儿子也准备考取供电局的工作。老张在总结自己大半辈子的工作经验与教训时，重点提到了，在这临近退休的一年里，简直是狗尾续貂，竟然添上两处败笔，一是好心办坏事，给人家用电，却让人家触电了；二是大水冲了龙王庙，答应给连襟办喜事的用电，却没能送上。

老张退休后，因他人缘好，同事们仍惦记着他，有需要时，仍会想起他。尤其是他的爱徒李志高，现在当上了李主任，凡是用得上退休人员发挥余热的地方，他都会立刻联想到张师傅。虽然李志高走上了领导岗位，但李志高认为，他与张师傅的师徒关系是永远不会变的。他曾对张师傅坦言，我的命运可能与张师傅天生相克呢，回想过去，张师傅出点事总与我相关。早在帅王变电站，他就坏过张师傅的好事，将他与刘嫂的关系撞破了。当上主任不久，张师傅的柴油机船又发生触电事故。但张师傅说李主任是他的吉星，一直是佑护着他的。"过去，都是坏小事成大事的。瞧，我现在不是胳膊、腿一样不缺地光荣退休吗？作为一名一辈子与电打交道的电力工人，能够平安退休，我已满足啦。"其实当年，刘秀偷工地上电缆的事情败露后，张师傅已猜想到是李志高泄露的，但他认为自己确实有错，不能怪罪李志高，他这点觉悟还是有的。后来，师徒俩为这事私下里坦诚交流过，李志高为张师傅打分四六开。当张师傅的柴油机船发生触电事故时，他没给单位添麻烦，自觉地照顾人家，赢得人家的谅解与同情，使得大事化小，小事化了。张师傅的自觉行为赢得了大家的认可，李主任进一步提高张师傅的工作成绩，为他打分三七开。

老张退休后的第三年，他的爱徒李志高升任古都县供电局生产副局长。随着改革开放的持续深入，电力建设已快马加鞭，秦西镇开工建设全县首座 220 千伏变电站，这在当时可是一件大事，它是全县落户的第一座 220 千伏变电站。全市七县总共才有四座 220 千伏变电站。古都县供电局高度重视此事，抽调精兵强将参与 220 千伏变电站建设。由于征地政策处理等问题比较复杂，供电局请出已经退休多年的李新生书记来，让他来负责新变电站的基建工作。李书记经验丰富，过去多少基建难题，一到他手里，都是迎刃而解。市供电局也曾请他去专门从事新变电站的基建工作。李书记接到通知后，他愉快地服从组织上的安排，招之即来。他表示："明天我就走马上任，到 220 千伏秦西变电站建设工地去。但是，我有一个条件：需要一个好帮手。"

"需要谁？"

李志高问他。

"就是刚刚退休的老张师傅，我们共事多年呢。"

李新生说道。

"可安排他什么职位呢？现在工地上刚开工，没有多余的岗位啊。"

李志高感到为难。

"他不计较名分，只要召唤他过来，无论安排他干什么都行。哪怕是安排到厨房里，当厨师也成。你请我过来，是看中我过去的工作经验，而我也一直看好老张的工作态度与敬业精神呢。再说，在工地上时间长，夜晚比较冷清，我需要老张来与我做伴呢。"

　　李新生说出自己需要老张来当帮手的主要理由。李志高听了，当场答应父亲，立刻征召退休人员老张过来，安排他当工地食堂里唯一的炊事员。那时，供电人干工作，不但有满腔的工作热情，还有精打细算的"小心眼儿"。为电力建设，算计与节约着每一分钱。不会多花钱，更不会乱花钱。那时的电力工人，文化水平不算高，但思想觉悟与政治水平却都是杠杠的。服从组织上的需要，到最艰苦的地方去工作，不仅是响亮的政治口号，更是供电局干部职工们实实在在的行动。

　　老张是李书记点名要来的，按理说，他们应该是配合默契的。而实际上，一个星期后，在老张为加班工人做夜宵时，他们便发生了冲突。说真话，讲实话，为了工作，敢于红脸，做到据理力争，而不是阿谀逢迎，一味顺从，是老一代供电人的明显特征。

　　这晚，加夜班的工人们干活儿顺利，提前了半小时收工。他们来到食堂后，便嚷着急于填饱肚子，好去宿舍睡觉。个别性急的，将饭盆敲得当当响，老张从烧火的灶间出来，安抚大家说："今晚，是你们来早了，我可是按时开饭的。现在，我提速做事，将大火烧旺，你们稍安毋躁，配合一下。一会儿，我保证是饭熟菜香！"老张的群众基础不错，他说的话，大伙儿都相信，人们便在饭堂里餐桌旁坐下，抽烟聊天，耐心等候。而老张则跑到门外抱了许多木柴回来，这些木柴的长短粗细都是统一规格。原来，这是厂家发来的电器设备上的包装箱材料。老张将这些方正的木料塞进灶膛里后，铁锅底下顿时燃烧起熊熊大火来，听得见木柴在灶膛里，啪啪的爆燃声。

"老张，你真不像话。好端端的木材，还有正经用处呢，你却当边角料烧了。"突然，李书记气势汹汹地闯进厨房来，狠狠地批评老张说。

"工人们正等着吃饭呢，特殊情况，就特殊对待。我就用你几根木柴救急，你嚷什么？"

老张也急眼了，这时，他在工友们面前的面子很重要。其实，平心而论，他也是有一点儿私心的。老张与这群干活儿的工人关系很好，他好吃好喝地伺候他们，他们则在他问这问那时，热情耐心地答复他，有空时，还详细地介绍工地上这些新电力设备的名称与性能给他听。这是新型电抗器，属于提高输出电能质量的设备；那是电容器，有这设备在，输出电压就能保持稳定。而这些设备名称，对老张而言，有一些他是知道的，这些电抗器、电容器等新型电器设备，统统以崭新的面目出现。与过去35千伏变电站的设备相比，无论是气派的外形，还是魁梧的个头，变化都很大，完全属于新一代产品。它们不仅仅容量增大了，而且，它们的性能上也产生了质的飞跃，它们可是220千伏电压的变电设备。那时，电器生产厂家，也与电力建设同步快速发展着。新变电设备生产厂家，如雨后春笋一般冒了出来。

至于这巍巍耸立的大型变压器，老张明白得很，都不需要他们介绍。他抚摸着变压器的钢铁身躯，仰望它顶部的ABC三相桩头，三组进出的输电线都拴在这桩头上，他心中感慨万千。老张干了一辈子的变电检修工作，但从未与这样大的家伙打过一次交道。现在，这一台主变压器约莫有过去35千伏变电站里主变压器的六七倍大呢。老张清楚，变压器块头儿越大，它的变电能力就越强。过去，一个35千伏变电站可提供两三个乡镇的用电，那么，现在这一座220千伏变电站就能满足七八个乡镇的用电呢。老张想到这一点，他心里就激动。这220千伏变电站建成投运后，真正是惠及千家万户啊！

调度同事知道老张退休后又被征召回来发挥余热，是因之前老张常为乡亲们求情，向他们要电。因此，大家都相互熟悉，见了老张，调度同事便与他开玩笑说："老张啊，将来这变电站投运后，你就不吃香啦，不会再有老乡来找你要电啦。"当即，老张坦言说："我甘愿被他们冷落，而且是越早冷落我越好。我替乡亲向你们求情要电，麻烦着你们，我心里可有数呢。过去，我将到你们调度室五楼去的楼梯，视为畏途。我上楼梯的脚步，是一步比一步慢。谁愿意一而再再而三地反复求你们呢？偶尔地求你们一次，还罢了。将求人当着家常便饭，像话吗？你们不批评我，可我也经常自责呢！"调度室的包主任听了，满意地拍了拍老张的肩膀，夸奖他说："原来如此。我们的老师傅，就是有觉悟，风格高。"

在老张眼里，这些刚从外地运来的变电设备，被林林总总地陈列在工地上，就是一道供电人眼里美不胜收的风景线。他由衷地喜欢这幅由变电设备组成的风景画，站在它们面前，老张已看到了电力事业的美好明天。夜晚，天空里，皎皎明月，大地上，灯火万千。天上人间，两条银河，互相辉映。无论是白昼，还是黑夜，机器轰鸣声不断，人民生活与工业生产两兴旺，这样的热闹景象，只有在电力供应充足的前提下才能实现，李书记当着众人面，对老张发了一通火。过一阵后，李书记也觉得不妥，他想，老张也是为了让上夜班的师傅们早点吃上饭。再说，这些木柴，也都是工人们小心翼翼地拆解下来才可以派新用途的。若他们当时是野蛮拆卸，那它早就成了一堆只能当柴烧的废物。他应该理解与体谅老张，老张喜欢观赏那些新型的变电设备，聆听工人们讲解这些新设备的优越性能。打个通俗的比方，老张就像是文化人，珍惜一支好钢笔；又像是习武之人，重视手里的一口宝刀，老张发自内心地喜爱这些新型变电设备。不过，李书记曾暗笑老张是叶公好龙。他在这些新型变电设备面前，完全是一窍不通的门外汉，但李书记没有说出来，怕一旦说出来，会挫伤老张的自尊心。因为，这也不能怪他，怪只怪他生不逢时。在过去的计划经济年代里，这是做梦也想不到的事，新的电力设备，接踵而至，层出不穷，都来不及为它们建变电站安家落户了。他这癖好主要与他多年从事的电力检修工作有关。那时，变电设备的性能普遍不佳，老旧变电设备容易坏，修理难，零配件不全，让老一代变电检修工人吃尽了苦头。

他们睡在同一个房间，夜晚，他们都回到宿舍，准备休息时，李书记主动向老张打招呼，同时，递了支烟给他。老张明白李书记此时的心意。他愉快地接过烟来，两人边抽烟边聊天。这就是老同志的默契之处，只要是真心实意为工作的，普通工人可以向干部说不，通过摆事实讲道理，来一场据理力争的辩论。干部可以直言不讳地批评下属，无须和稀泥，不会去背后耍手段，给工人小鞋穿。最终是以理服人，而不是无条件地下级服从上级，下级在上级面前，只有唯唯诺诺，畏首畏尾。

"老张呀，明天给你配一位副手。"李书记对他说道。

"哪儿来的？"老张惊喜地问道。

"当地一位能干的妇女，洗衣煮饭样样行。"

"工钱呢？"

"我已经与局里说好了，李志高局长已经同意增加一位洗衣工。你瞧，工地上干活儿的大男人们，天天一身臭汗，一套脏衣服。他们洗起衣服来，笨手笨脚的，哪有人家妇女在行？她们洗起衣服来，又干净，又轻松。烧饭的活儿也做。在工地上，她就由你领导。"

"那以后，我就保证不烧你有用的木料了。"老张趁机向李书记表态说。其实，他也很想增加人手，锅上灶下的，常将老张忙得手忙脚乱，只是他一直没好意思说。李书记此举，对他可谓是雪中送炭。

第二天，那洗衣的妇女，早早地来到变电站工地。她家就在附近，这变电站的建设工地里原先还有她家的一块自留地呢。老张指导她说："干活儿的师傅们，这时，都在宿舍里休息。趁这时候赶紧去，挨门挨户地询问他们，哪些衣服需要洗？哪些暂不需要洗？要求他们说明白。同时，再向他们打一声招呼，今后，统一将需要洗的衣服，都集中摆放在门口左侧，便于你上门收取。"李嫂听了，转身便向工人们休息的那排工棚走去。

半小时后，李嫂回来了，她是将一大堆脏衣服捧在胸前走回来的。那衣服在她眼前，堆得高高的，完全挡住了她向前看的视线。老张问她："你是怎么走回来的？"李嫂告诉他，虽然她看不见正前方，但是根据侧面的路况，她也就推断出自己的脚步该往哪儿迈了。她还告诉老张一个笑话，刚才她到他们宿舍去，她一说明情况，干活儿的师傅们纷纷主动地交出待洗的脏衣服来。一位师傅说，这件工作服也洗一洗吧。他的意思是：这件工作服属于可洗可不洗的，若要自己动手洗，那就再撑几天，但今天有人帮他洗，所以就洗了吧。持这类想法的还不是个别人呢。因此，她就收集回来这么多脏衣服。另外，她还多抓了一件短裤回来。那汉子将藏在床头枕下的短裤头已经拿出来了，可他转念一想，怕大男人的隐私暴露出来，他不好意思了，于是又放了回去。但他这一动作被细心的李嫂看到了。她走过去对他说，怕啥？我啥没见过呢？说着，就抢过他的短裤头，带回来一起洗了。

李嫂真是一位能干的妇女。老张见有这么多脏衣服，估计她要手洗一个上午的（那时，洗衣机尚未普及，尚是少数家庭才拥有的高档电器产品，搓衣板是主要的洗衣工具）。谁知，上午十点半时，她已将全部脏衣服清洗完毕，一件不落地全部悬挂到场地里一根横拉的铁丝上，让衣服在太阳底下接受阳光的检阅。老张忙活大伙儿的午饭时，她就主动来到灶下烧火，将不成材的边角木料，井然有序地塞进灶膛里，老张就不用一会儿锅上炒菜，一会儿又到灶下去添木柴，来回奔波忙碌了。因此，老张做这顿午饭就比往常轻松了许多。

老张提前来到工地上通知大伙儿到饭堂去用餐。经过工地上的这段路是老张心情最愉悦的时光，他从林立的新变电设备旁经过时，心里总是美滋滋的，感觉好得很。他向这些将在这里安家落户的设备默默地打着招呼——电流互感器，你好！电压互感器，你好……有的新设备他不认识，他便绕它身旁走一圈，算是全面接触它，却还是找不出一处熟悉的地方来。这是一个完全陌生的大家伙，老张将它记在心里，准备等一会儿向施工队的姚队长询问它究竟是谁。老张心里明白：自己每次向姚队长的饭盆里多送半勺菜就是这个意思。那半勺菜能换来许多他渴望知道的信息，那些关于电器设备的新知识。工地上有部分新设备的包装箱还未拆封呢。崭新的电器设备严严实实地藏身在里面。不知它长得什么模样，就像是刚娶回的新娘，还未掀起盖头红布呢。而老张十分好奇，就像个性急的新郎似的，急欲掀起她的红盖头来，对她的秀丽容颜一睹为快。可是目前他只能忍耐与期待着。也许，明天中午他再从这里走过时，便能一睹芳颜了。

转眼间，月末又到了。这是工地上干活儿的师傅们放假回家的日子。每月一次，假期一天，他们回家与家人团聚。老张吩咐李嫂："这一天，你也在家休息吧，就不用来上班了。"李嫂感谢老张对她的照顾，说家里也积压了许多家务活儿，回家这一天会比来工地上干活儿还要累呢。李嫂走后，偌大的工地上就剩下老张与李书记两人留守。晚上，老张煮了一盘鱼虾，炸了点花生米，他们老哥俩喝起酒来。

"老张，明儿你也回去一趟吧，你离家也好长时间了。"李书记关心地说道。

"不用，我儿子常来呢。"老张说道。小张考进供电局后，被分配到车队学习驾驶技术，后来就专门开电力工程车。自从送变电工程队的施工人员进驻 220 千伏秦西变电站后，小张就频繁地驾车在供电局与工地之间往来，运输变电设备，接送施工人员往来，以及带工地上管理人员回去参加各种会议等。有时一天要往来三四趟呢，忙得小张不亦乐乎。

"李嫂干活儿勤快吗？"李书记笑呵呵地问老张。他这是明知故问，李书记心里明白，老张对她的表现可满意呢。而且，李嫂很细心，时常将自家菜地里生长的新鲜蔬菜带一些到工地来，免费送给老张。李嫂家天天在小河里下渔网，每天都能守株待兔地收获一些野生的鱼虾，她也带一些过来给老张当下酒菜。老张在每晚收工后，都会喝上两杯粮食酒，好消除一天的劳乏。这样的时刻，老张很享受。他吃着李嫂带来的鱼虾，从内心里感谢李嫂。这鲜美的野味，让他小酒喝得畅快。他的人生乐趣便藏在这喝酒的过程里。因此，他喝酒的时间一般都比较长。而喝酒的时间久了，就得有人陪着他说一说话。李嫂便是他喝酒时拉家常的不二人选。有时，李嫂回去得晚一些，就是陪他共进晚餐的缘故。有时，老张过意不去，便让她早点回去。

"不着急，你慢慢喝，我收拾了碗筷再回去不迟呢。"李嫂回答，这话等于送给了他一颗定心丸。

"那我快点吃，早吃完了，好让你收拾桌子。"

"不用，不用，催工不催饭。你慢慢吃，我也陪你喝一杯吧。"李嫂终于说出自己的真实想法，其实，她也想喝点儿酒呢，只是没受到老张邀请，她也不便主动开口。聊到这里，她才水到渠成地流露出来。她的这句话，老张听得心花怒放，他连忙为她倒满一杯酒。老张后来才知道，其实李嫂的酒量可大呢，喝半斤下去，一点儿都没事。只是她没酒瘾，平常不喝罢了。但在工地上，做老张帮手的两三个月来，在老张的培养下，似乎她也有了点酒瘾。时常在晚餐时陪老张喝上两杯。

"老张啊，今晚没有李嫂陪你喝酒，但你酒量不准减，也要同样地喝上三大杯呢！"李书记对他说。老张听出话中含沙射影的意思，便觉得李书记虽然年纪大了，但依然心明眼亮、明察秋毫。啥也瞒不住他的。于是，老张有些不好意思了。他答应李书记，今晚仍然喝三杯，甚至还要多喝一点儿。他为自己辩解说："有李书记陪我喝酒，我深感荣幸呢。与李书记喝酒谈话，说的是正经大事。比说家长里短的生活小事，让人添豪情，助酒兴呢！"李书记听得哈哈大笑，他们遂举杯同饮。

但今晚，老张真的没能喝足酒，不是因为别的，而是老天爷横刀夺爱，伸出无形之手，一把夺下了他手里的酒杯。当老张再次端起酒杯时，忽见窗玻璃上寒光一闪，紧接着传来一声巨响。原来外面已经风卷云涌，电闪雷鸣，眼看一场大雷雨就要来到。

"走！今晚他们不在。我们赶快到工地上去看一看，赶快采取防雨措施！"李书记说道。老张听了，如同接到紧急命令。他扔下酒杯，连忙与李书记一起向工地上室外高压区方向奔去。

在月明之夜，工地上林立的待安装设备清晰可见。可此时在大雷雨之前，工地上一片漆黑，大大小小的设备都隐身到黑暗之中。高大的设备，依稀可见它边缘模糊的身影。小块头的设备此时完全隐形了，一点儿都看不见它。必须时刻提防脚下踢到它们。只有当闪电突然出现时，才能在一瞬间猛然看见它们。这些设备像是与他们玩捉迷藏游戏似的，出没在他们的前后左右。他们俩都抽烟呢，此刻，他们发挥自己的长处，从口袋掏出打火机，借着打火机的火光，便能稍微看清眼前是否有变电设备存在，以及设备是否已开箱，要不要紧急遮掩等。

在工地上，他们俩分头行动，迅速检查与遮盖着新设备。遇到需要大面积遮掩的设备时，他们俩便合力将长木板抬上来压住塑料布。

当黄豆大的雨点落下时，他们的紧急行动也已接近尾声了。老张与李书记正在合力给打开的继电器屏柜重新套起原装的塑料袋。此时，忽听得老张"嗯哎"一声，便消失了踪影。李书记忙放下手里的活儿，绕到屏柜后看个究竟。

原来，老张一门心思地干活儿，却忽视了脚下的这条电缆沟的存在。他上前一步，欲拉下继电保护屏顶上的塑料袋时，却一脚踏空跌入电缆沟里。这电缆沟有半人深，能排放四五层电缆呢。老张大概是扭伤了左脚，一阵钻心的疼痛使他无法站起身来。李书记拉着他胳膊，扶着他艰难地从电缆沟里挣扎起来。重新站立时，老张已是金鸡独立，只能靠右腿支持身体了。李书记让他先回宿舍去，他要留下单独完成任务，套好这屏柜上的塑料袋后再回去。

"你一人哪干得了这活儿！我必须留下配合你才行。"老张忍着疼痛说道。

"那你就原地站着，帮我拉它一把。"李书记说。的确，没有两人合作，这个大塑料袋是无法套到两米多高的设备顶端的。

为工地上该避雨的设备都做好了防雨措施后，李书记又匆匆地检查一遍，然后他们才收兵。往回走时，已是瓢泼大雨。老张因脚受了伤，行走得慢，在大雨中，也只能慢慢地移步，不慌亦不忙似的。李书记则扶着他，浑身也都湿透了。老张推他先走，李书记却不同意，说我们必须同甘共苦，就一起洗个雨水澡吧。

当夜，老张成了病号，李书记处处照顾着他，洗脸洗脚，宽衣解带，直到老张在床上躺下后，李书记才去喝杯茶歇息。不久，他也上床休息了。原以为睡一觉后，老张的伤势就会好转一些的。谁料到，实际情形恰恰相反。

半夜里，老张叫醒李书记，说自己疼得厉害，尤其是胸闷得不行，怕是不去医院不成呢。李书记听他这么说，立刻打电话到局值班室，向值班人员说明情况，申请连夜派一辆车过来，带老张到城里医院去急诊。值班人员通知小张前往。小张听说是自己的父亲于深夜辛劳，光荣负伤，他立刻驱车前往。一路上，雨下得很大，可小张的决心更大，他要尽快赶到工地，接父亲去医院医治。他心里明白，他在路上多耽搁一分钟，工地上的父亲就会延长一分钟的痛苦。那时的路况不及现在好，路上车辆稀少，汽车的质量欠佳，行驶的时候会发出似坦克一般的隆隆声，因此，人们离很远听见声音就早早地避开它。一路上，小张紧张不已。

小张赶到工地，将父亲接上车，然后调转车头，马不停蹄地驶向市第一人民医院。很快，医院里拍片的结果出来了，老张胸口的肋骨断了三根，难怪他疼得坚持不住了呢。可是，明明是上面的胸口部位受了重伤，他却说自己脚板可能骨裂了。这都是抢险忙碌的缘故，让他完全顾不上细察自己身上的伤。医生说，幸亏及时将他送到医院救治，否则后果就难说了，折断的肋骨如锐利的针尖刺进他的肺叶，引起了内出血。

老张住院治疗期间，他心里一直牵挂工地上的事。赵碧泉师傅代表施工队伍来看望他，赵师傅握住他的手说，干活儿的工人们，都惦记着他这位特级"饲养员"呢，他们可喜欢他烧的饭菜啦。现在，他不在工地，工友们的胃口便普遍不如以前了。希望他早日养好伤，重返工地上的厨房，为他们一日三餐继续忙碌呢。老张紧握着赵师傅的手答应他，一定，一定。然后又询问赵师傅，工地上施工建设到哪一步了。

"220千伏变电站的主变压器已经就位。六条110千伏输电线已经凌空架设。现在，大型变电站的模样，已经初具规模。附近的村民们见了，都啧啧称奇呢。"赵师傅告诉他。老张听了，心里很激动，他明白：这是古都县前所未有的第一座大型变电站，建成以后，四乡八镇的乡亲们都会受益于它呢。李志高局长来看望他时，老张主动检讨自己，说自己做事不细心，跌了跟头，伤了身体，现在，又连累大伙儿一波一波地来看望他。李局长宽慰他说，在那样漆黑的夜晚里抢险，谁都可能发生意外。供电局感谢他与李书记，退休后还为电力事业，继续发挥余热。在工地上干起活儿来不分分内分外。那晚，多亏了他们，使继电保护屏柜等重要设备免受雨淋，这些新设备的性能未受半点儿影响，变电站整体的施工进度也未受影响。待220千伏新西龙变电站建成投运时，要隆重表彰一批变电站建设功臣。老张听了这话，顿时，他羞愧地低下头来，他感到十分心虚与内疚，他快速地回顾着自己的职业生涯。平心而论，他工作了一辈子，吃了很多苦，干活儿也十分卖力，可从未享受过在职工大会上受表彰的殊荣呢。站在主席台上，胸前戴着大红花，接受大伙儿的敬意与掌声，这是何等的光彩与荣耀！虽说，他也曾幻想过自己在这样的场面上出人头地，但他清楚自己与先进模范人物的差距有多大，自己这辈子在工作中和生活中也因年轻无知犯过错误，尽管已经过去了很久，自己也很愧疚，但是覆水难收，污点难消。老张有这样的自知之明。老张沉默了一会儿，对李局长说道："表彰的事就免了，我是不求有功，但求无过。无论是谁在现场，面对这突发状况，都会这么做的。"老张说完，使劲儿地捏了一下李局长的手，李局长愣了一下，他见老张的表情认真且严肃，知道他心意已决，便换了个话题。临别时，叮嘱他安心养伤，争取早日重返工地。老一辈供电人将劳模等荣誉看成是神圣的事物，他们都认为这光环是不能轻易获得的。

后来，在 220 千伏新西龙变电站竣工表彰大会上，李局长还是不点名地表扬了老张。李局长深情地说道："当两位退休老人，见到雷雨将至，国家财产面临损失时，他们挺身而出，在漆黑的夜里，不为人知地做下了大量的紧急抢险工作，这样的凡人壮举值得我们学习。学习老一辈供电人身上的优点，学习他们不计名利的奉献精神，我提议，大家向我们电力建设事业的老兵致敬！"

顿时，会场上全体人员起立，同事们齐向电力建设的老兵热烈地鼓掌致敬。

散会后，李志高局长刚走下主席台，纪检组卢文组长迎上前来，他向李局长报告了一件事，使李局长面色凝重起来。他们走到僻静的地方停下来，待卢组长细说后，李局长严肃地对他说："这事一定要按规矩办，不要顾虑我。若确有其事，该处分就得处分。而且，要从重从快，给他一个深刻的教训。"

四、做好事事与愿违　查实情一波三折

一个举报电话，打破了秦西供电所工作日常的平静，并激起层层波浪。兼职驾驶员李浩私自开着电力抢修车，车里没装电力抢修器材，却装满了粮食到秦西镇粮管所去插队卖粮，引起排队卖粮的群众不满。被老百姓举报到古都县供电公司，公司纪检向对方承诺：一周内核实处理。

随着改革开放的持续深入，古都县供电局已改名为古都县供电公司，而改变的不仅是单位名称，古都县供电公司的工作重点已从过去让老百姓都用上电向让老百姓用好电的方向转变，大力开展供电优质服务。古都县供电公司向社会作出十项承诺，公布服务热线电话号码为95598。95598是名副其实的国家电力服务热线电话，服务内容非常广泛，涵盖用电的方方面面。家里停电了，可打此电话；觉得小区变压器距离自家过近，担忧它影响身体健康，要求将它搬迁，也可打此电话；饭店里偶遇一位熟悉的电工，觉得他可能存在吃吃喝喝方面的不正之风，同样可打此电话投诉他……总之，这是广为人知的、有打必接的供电服务热线电话。

公车私用，在供电公司的十项规定里是排在第三位的严禁事件。尤其是电力抢修车，驾驶员要保证它随时能为电力抢修工作服务，而不能用于其他方面，它是专一服务于电力抢修的工作用车。工作多年的电工师傅们都清楚这一点。李志高的儿子李浩当兵复员回来，进入秦西供电所工作已五年了，而且去年他还被评为市供电公司的优质服务先进个人。可这回，他竟犯起了公车私用的低级错误。

"李浩，从今天起，你暂停一切工作，全力配合公司纪检调查你公车私用一事。"星期一早晨刚上班，还一宣所长将李浩叫到办公室里，严肃地对他说道。李浩感到满腹委屈，欲对还所长倾诉自己的理由。还所长打断他的话，让他别说了，他想说的，还所长都已知道，而且，也理解与同情他。所长希望他用真诚说服纪检调查组的同志，赢得人家的理解与同情，使自己化险为夷，逃过一劫。否则，听凭上级处分吧。说完，还所长转身去忙别的事了。星期一早上，供电所里一片忙碌。新一周的全所工作，所长要在今日布置落实到每一位电工手中。

李浩回到班组里，此时，同事们领了各自的本周生产任务，精神抖擞地分头行动去了。唯有他心里一片空虚，他没有被分配工作任务，只能枯坐在班组里，等待公司纪检人员的传唤。这滋味不好受，他拿起桌上的报纸，看了两三行便放下了。他无心看报纸，他心里盼望着纪检调查组的同志能赶快到来，好让他解释清楚。待得到上级的认可后，澄清事实，才能恢复他的正常工作。

而欲整倒李浩的人，正是之前向公司纪检投诉状告他的人。现在，李浩被暂停了工作，人家认为是初战告捷，并大受鼓舞，投诉李浩的热情又进一步高涨。

　　事情的起因是：李浩是供电所里兼职驾驶员，三天前，他接到一个报修电话，说花扬村厉小康家电没了。他便驾车前往查修。约两小时后，故障处理结束，人家留他吃饭，他推辞说，今天是他轮值，他担心留在这里吃饭，那边万一有事，不能及时赶赴现场处理。谁知，他今日摊上大事了，事情就发生在返回供电所的途中。

　　当李浩驾驶的电力抢修车经过南严村时，行驶在村旁的单行道上，只见路边一位老人吃力地拖着一辆载重板车，车上堆放三层口袋，每个口袋里都装有一百来斤粮食。眼下是麦收季节，当地农民将地里收获的小麦直接运往粮站，粮站正开门收粮呢。据说，开门收粮的日期为一星期时间，过了这期限，农民卖粮就更麻烦了，需要送到更远的大粮库去，而且价格每斤低了五分钱。因为，那是市场价，由市场决定的。今年，麦季丰收，所谓谷贱伤农就是这意思。而现在粮站高出五分钱，因为它执行的是国家保护性收购价，就是常说的国家补贴，为的是保护农民种地收粮的积极性。因此这两日，当地农民抢着收割，争着往粮站送粮。一时，十里八乡的乡村道路上，都有运粮车往粮站方向送粮。

　　但运粮一般是青壮年男人干的活儿，在这麦收季节里，在外打工的青壮年们多半要向工厂老板请几天假，返回乡帮助留守在家的老人一起将地里的麦子收了。可这辆运粮车为何是一位驼背老人拉呢？照这么个前进速度，要等到猴年马月才能走完这条约一公里长的单行道？李浩跳下车来，上前去看个究竟。

李浩上前一看，这老人还是熟人呢。他脱口而出：

"三叔，你怎拉得动这么重的运粮车呢？"

"拉不动也得拉。你瞧，现在家家户户都在干这活儿呢！"

三叔是个明理人，他说的道理一点儿也不差。农民都是按照农时做事，到什么时间干什么活儿，这可不是干得动干不动的问题。

"三叔，我来帮你拉。"

"这多不好意思！你有工作，不耽误你。我反正有的是时间，可以慢慢拉。"

"可是大家耗不起呀，你看这长长的队伍都被你压在后面呢。"

此时，放眼远望，只见三叔运粮车后的车辆队伍宛如一条懒龙，缓慢移动，所有人都得按照三叔的低速前进。已经有人受不了了，走上前来与三叔交涉，催促他快一些。当听说李浩要帮他拉车时，旁人便趁机建议说："你不如将板车上的粮食往你电力抢修车里一放，你索性帮他送到粮站去，将好事做到底。"

"可我们有规定，电力抢险车只能用于电力抢修，不得做其他用途。"

"特殊事情特殊处理嘛。你帮他运一回粮，不仅是帮他的忙，其实是帮我们大家的忙。路畅通了，我们才能抓紧时间通过。"

李浩听了，一时感到左右为难。一边是乡亲们的要求，一边是供电公司的严格规定。他非常愿意将两者兼顾起来，但现实是不完美的，这两者不可调和，他只能是从中二选一。

就在他犹豫不决的时候，那性急的汉子已经行动起来，将板车上的粮袋径直往电力抢修车的车厢里搬。而且，那汉子一带头，其他人也纷纷加入。一会儿，他们就将小板车里的粮食搬空了，又将小车推到路边去，让出一条道来。小山似的粮食被迁移到了电力抢修车上。至此，李浩只好顺从民意，小心翼翼地将三叔再请到副驾驶位置上，然后发动电力抢修车前进。顿时，单行路道畅通无阻，运粮车队加速行驶，浩浩荡荡地向粮站进发。

一路上，三叔千恩万谢李浩，李浩专心驾驶，也没多搭理他。到了粮站一瞧，卖粮的农民可多呢，排起了一支庞大的等候队伍。李浩心急，这要等到何时？这时，他又想起了自己的电工身份，自己是开着电力抢修车来的。这是违反公司里有关规定的，心里便不踏实。这时，他看见远处有一人拿着手机，疑似对他和车拍照呢。他遂心慌起来，这可是取证啊，万一这照片传到所里，那就是铁证如山。因此，他决定将车上粮食卸下来，让三叔在这里排队卖粮吧。尽管这样做增加了不合理的重复劳动，但也是万不得已，自己开着单位的车是不能在这里久等的。但就在此时，一个熟人的出现，打乱了他刚酝酿好的计划。

"李师傅，你也来卖粮呀？"

一个熟悉的声音对他说道。李浩一瞧，他不是粮站的专职电工王进超吗？李浩捣了他一拳，问他在这里做啥。王进超告诉他，这几日收粮的传动电机特别忙，粮站站长安排他专门值守收粮的传动电机，他必须在此守候，确保电机在这节骨眼儿上不会断电停工。他瞧了一眼卖粮队伍说："若是排队的话，你也与我一样要在这里耐心守候呢。这样，你将车开到仓库西门口，我去开西门放你进来，给你开一次方便之门。"

"那我代表三叔谢谢你！"

"客气啥！你们随叫随到，平时供电所帮了我们粮站多少忙啊！"

就这样，在王进超走后不久，李浩缓缓地将抢修车从排队卖粮的人群里退出来，转到那边粮库门口。粮库西门开了，电力抢修车开进去，大门重新关上。这一切，让同样卖粮的其他人羡慕不已。心怀嫉妒的人便乘势说起风凉话来："到处都有特权存在啊，瞧，卖粮的地方也有特权存在呢。供电所的人，就可以开着电力抢修车，大模大样地来卖粮。而且是开后门，不用排队。"

"或许人家是为电力抢修的事，从后门进去的呢。"有人这样说道。

"你眼睛长哪儿了？没看见电灯亮着吗，这说明这里供电是正常的。那车上满载着粮食，当然是来卖粮的了。"

那人说不过他，便不吭声了。关于李浩与电力抢修车的种种议论，李浩当然是一句也没听到，但不久后，他就会痛苦地切身感受到了。一会儿，李浩开着电力抢修车出来。当然，车厢里已空了，三叔下车来，再次感谢李浩。李浩说声"三叔慢走"便驱车赶回供电所去了。

这边李浩的电力抢修车还在粮站与供电所之间的半路上行驶呢，而举报李浩的电话便已插上翅膀飞到了还所长的办公室。还所长在电话里竭力安抚对方，并感谢人家对供电所工作的认真监督，同时，他向人家保证，一定会查清事实，严惩相关责任人。人家在电话里，说完"我相信还所长的为人，我等待公正的处理"便挂了电话。还所长放下电话后，气得火冒三丈。众所周知，严禁电力抢修车的公车私用是供电所的一贯要求。尤其是在车上安装了 GPS（全球定位系统）以来，这一条抓得更紧了。李浩不可能不清楚这一点，他今天却犯了如此低级的错误。这让还所长想不明白，为何偏偏是李浩呢？李浩是所里的生产骨干，是还所长的得力干将，深夜抢修，雨中巡视，一个个供电抢修活动，几乎场场都不离他。多少脏活儿累活儿，难以完成的活儿，都是李浩冲在前面去出色完成的。今天倒好，他又冲在了前面，做了一件令供电所荣誉蒙羞的事。

李浩将车开到供电所大门口，见还所长在门口等着他，就停下车来，主动与还所长招呼："还所长你好，有啥事吗？"

"你粮食卖完啦？"

李浩听还所长这么一说，心里咯噔一声，往下一沉。他情知不妙，将车开进供电所院子里停稳后，便匆匆来到还所长的办公室，向还所长解释。"这三叔其实不是我亲三叔。只是他也姓李，而且按辈分叙起来，他年长，我该叫他三叔。他是我们供电责任区里的一位孤寡老人，俩儿子一直在外打工，成年累月不回来，即使今年这夏收大忙季节也没有回来。过去我经常帮他修一修电灯、理一理电线等，因此与他熟悉了。平时一些重活儿我也顺便帮他做过多回，比如，他赶集挑担回来的路上，我替他挑一段路的担子，也曾骑着摩托车顺道捎带他。今儿，我去花杨村消除用电故障回来，路上见他拉车吃力，而且压着后面的卖粮队伍，使道路不通畅，乡亲们多有意见，所以，我才出手相助的。"

"我不是问你为何帮老人忙，而是问你出了这事，你如何向供电公司领导交代？这事如何了结？"

　　还所长的一番话使李浩觉得眼前的还所长变得陌生起来，他从未如此声色俱厉地与李浩说话。还所长的眼珠已凸出眼眶来，让人看了，只觉得不寒而栗。李浩清楚，还所长拿出这等严厉的态度来，是因为这件事违反了所里的明文规定。

　　"你走吧，回去听候处理。"

　　李浩听了这话，便垂头丧气地回到班组里。

　　第一批审查李浩的是区供电公司的纪检组人员，人家对他说，市供电公司纪检已关注此事，他们要客观公正地调查清楚此事，然后向市公司纪检汇报处理结果。李浩与他们是同事，彼此熟悉。但在调查公车私用这件事上，则是公事公办。纪检组长卢文根据举报电话反映的情况，首先核实，五月二十三日当天 J1089 号电力抢修车是否运载过粮食。李浩承认有这件事，但李浩强调是外出工作结束后，在返回供电所的路途中顺便做了一件好事，帮一位孤寡老人运送小麦。但群众来信反映他是用公车干私活儿，而且，是帮自家亲戚卖粮。对此，李浩认真解释说："我们真不是亲戚，只是互相熟悉，但相处得愉快，就像亲人似的，他也姓李，按辈分叙起来，我应该叫他三叔。他的俩儿子常年在外打工，他家里接个电灯、修个电扇的活儿都是由我来干，因此往来得多，三叔叫得勤，就习惯称呼上了。一些不明实情的乡亲们以为我们真的有叔侄关系呢。"

　　卢组长办事认真，他为弄清楚真实情况，驱车专程到三叔家去调查走访。

　　三叔见到黄色的电力抢修车，就条件反射似的兴奋起来，他有许多愉快的记忆都与这黄色的电力抢修车有关。李浩这孩子总是开着这车在村里跑。特别是最近一次卖小麦，他原以为俩儿子不回来参加农忙，他一个老人要干得累死累活呢。因意外地得到李浩的帮助，使他今年夏收卖粮轻松愉快。他要好好地感谢这个大侄儿呢。此时从车上走下来的俩人他都不熟悉，但人家是专门来找他的。

"你对供电所的李浩熟悉吗？"

"熟悉，熟悉。他是我侄儿，他人可好啦！经常上门来帮我做这做那的。我十分喜欢他。我的两个儿子都在南方打工，常年不归。就这侄儿常到门上来走动。有时候，我想他的时候，曾经故意使坏过，有意让电灯不亮，然后打电话请他过来一趟。他一听说我家电灯不亮了，他会放下电话立刻赶过来。他怕时间久了，我等他等得不耐烦，会乱摸电线有触电危险。尤其三天前那次卖小麦，我侄儿可帮了我大忙啊。"

卢文组长听到这里，抿嘴暗笑起来。他觉得，眼前可怜的三叔完全被蒙在鼓里呢。卢组长原以为三叔可能会避而不谈这事，从而使他的调查工作遇阻。谁知三叔是个爽快人，他误以为说出来对李浩有好处呢，他竟然像竹筒里倒豆子似的，一下子将这事情全都说出来了。

"你在写啥？"

三叔忽然警惕起来，他疑惑不解地问卢组长。他见卢组长记录着他说下的每一句话。而且，他说得快时，卢组长也记录得飞快，因此，他起了疑心。卢组长便安慰他："你尽管说，这不是坏事，这有助于你侄儿呢。"听他这么说，三叔便痛快地继续往下说："李浩这孩子真好，前几天可帮了我大忙。他开着这电力抢修车，到哪儿都吃得开。粮站上那么多人，排起长龙似的卖粮队伍，他的电力抢修车却能径直开到库房里面的地磅前，轻松地卖了粮，免了我排队之苦。"

"三叔你会写字吗？"

"要写字做啥？我不会。"

"那你按个手印就行。"

"按手印做啥？"

"证明这话是你说的，而不是我们虚构的。"

"按手印就按手印，我是实事求是地说话，怕啥！"

就这样，三叔一边说着自我壮胆的话，一边就手蘸了红印泥，把手印按了。

卢组长他们从三叔那里返回供电所，第二次找李浩面谈。现在，卢组长手里有了三叔的口供笔录，这次与李浩谈话时，就问他两件事，一是他们两人之间到底有没有亲戚关系，三叔可是口口声声称呼李浩是我的侄儿呢；二是去粮站卖粮，是否要了"电老虎"威风，以权谋私，强行插队卖粮。

李浩郑重地说道："我与三叔绝无亲戚关系，你们可以去村里调查，或者抽血化验也行。另外，粮站卖粮绝没有强行插队之说，可以询问现场的电工。"卢组长警告他："我们纪检组的同志做的就是这份工作，不怕吃苦，一趟趟地跑不要紧，一定会弄清事实真相的。若刻意欺骗组织，隐瞒真相，后果很严重。纪检同志吃的是红脸饭，不怕得罪人，真正是内查不避亲，如果错在本单位职工身上，拖延隐瞒是不可能过关的。"另外，鉴于现在供电所正处于迎峰度夏的大忙时期，所里工作多人手少，纪检组要求李浩投入生产一线工作中去，一如既往地做好本职工作。而且，只能干得更好，绝不能三心二意地干活儿。同时，他得随时听候吩咐，做到随叫随到，无条件地配合纪检调查。李浩听了，默默点头。

春末夏初，供电所里对直通千家万户的低压输电线路要进行一次全面检查。迎峰度夏工作正如火如荼地展开，乡村田野里，一片繁忙。李浩比谁都清楚，这时候所里人手紧缺，他心里格外焦急。他负责供电的区域里有两台变压器，必须在这段时间里更换为大容量的新变压器，方能确保本区域可靠供电，平安度夏。现在，虽说是有条件地恢复了他的工作，但毕竟是同意他工作了，李浩怀着喜忧参半的心情去组织实施他辖区里更换变压器的大事情了。

卢组长又打电话预约村主任，说明将要调查的事项，希望与他当面交谈。村主任则告诉他，现在农村正处于大忙季节，烧麦秆污染环境的事件时有发生，他们要在田头地边严防死守，确实分不开身去做其他事，但如果是关于电工李浩的事，他有话要说，他要代表老百姓反映一下村里的主流民意。卢组长感谢村主任对纪检工作的关心与支持。

"这次找您正是为了从花杨村村委层面了解一下电工李浩的情况。"

"那我现在就到你们供电所去，一小时后供电所门口见。"村主任爽快地回答道。

约一小时后，村主任果然来到供电所，他们一行三人，包括村支书与妇女主任也来了，可以开一个流动的村委会了，从阵容上可见村里是很重视电工李浩这件事的。村主任说，青年电工李浩的工作表现很好，群众对他的工作很满意，张家电灯暗了，李家电扇不转了，只要一个电话，李浩准会驱车匆匆而来，待解决了群众问题后才会离去。这方面，一些留守家庭的老人感受尤其深刻。当然，因他工作认真负责，也得罪过个别人。例如，村里的一个刺儿头偷邻居家的电，手法很隐蔽，将偷电线路掩埋在水泥墙体里，手段十分高明。起初，自己找人查了几次都没查出来。可被窃电的老实人一直不服气，因为邻居比他家多用一台冰箱、两台壁挂式空调。还有，邻居家时常通宵达旦地打麻将，怎么可能用电反而比自己家用得少呢？从电费上看，倒像是他家里多一台冰箱、两台空调，通宵达旦地打麻将呢！因此，老实人一直不服气，多次跑到村部，跑到供电所里，坚决要求查明窃电真相。刺儿头也私下里去找李浩，请他高抬贵手，别追查下去，糊弄一下老实人就算啦，还送了李浩一条烟。可李浩既没有收他烟，也没有停止追查窃电的步伐。终于，敲开水泥墙壁查出了偷电线路。老实人可高兴啦，他是扬眉吐气，了结了一桩心事。可刺儿头却对李浩怀恨在心，从此，概不配合李浩的用电维护工作，一有机会就向李浩发难。但是，这刺儿头虽坏，却从不打小报告整人，他向来以明人不做暗事自居的。

"哦，还有这事？"

卢组长听了，对村主任说道："不过，我要问的不是这事，而是另外一件事，李浩与村里李老爹是什么关系。"

"叔侄关系，谁都知道的。"

村主任不假思索地回答说。

"有血缘关系吗？是不是真正的亲戚。"

卢组长追问。村主任听出了弦外之音，顿时，变了脸色。他感到困惑不解，难道供电与用电的双方有亲戚关系不好吗？军民还有鱼水深情呢。孤寡老人李老爹可是人前人后地夸奖电工李浩是他的好侄儿呢。他有事时，一个电话，李浩准会赶来帮他将电灯修好。

"你知道，我是纪检组的，我在与你进行一场严肃的对话。我们一定要弄清楚，李浩与李老爹到底是不是亲戚关系。"

村主任听了卢组长这番话，觉得事关重大，便端起茶杯来喝口茶，借机酝酿一下后面的话怎么说。同时，他望了望对面坐着的村支书与妇女主任两人，以目光示意他们再说一说。于是，妇女主任心领神会地说道："他们确实没有亲戚关系，我是村里当地人，对这事一清二楚。留守老人李老爹是外来户，他向来乐意与村民攀亲戚，他还称我是他门头上长辈呢。有人说，我与他不同姓，他说是姑爷关系的长辈。而李浩之所以默认他这么称呼，一来是因为他确实年长，叙叔侄关系，并无他意；二来有称呼上的亲戚关系，沟通更顺畅，供用电关系更和谐；三是老人乐意这么称呼，顽固得很，李浩曾善意提醒他别这么称呼，他却置之不理。因这三方面原因，多年来，他们就一直这么彼此称呼。"

"唉，原来如此。我代表区供电公司衷心感谢你们的事实陈述，百忙之中，真的打扰你们啦。对不起，也谢谢你们！就在供电所吃个便饭吧？"卢组长对他们说道。

"不客气了。我们人在这儿心里不踏实，担心那边麦田里有什么急事。只有人到田头地边守着心里才安宁。"村支书回答。

"那就不耽误你们啦。"

　　卢文组长将他们送到门口。凑巧，遇上李浩从更换变压器现场回来。卢文组长问他："第一台变压器换上去了吗？"李浩告诉他，哪能有这么快的更换速度？这时候就考验电工与群众的关系如何了。换变压器本身没有技术难题，但涉及青苗赔偿的问题，老百姓的利益无小事，幸运的是这次涉及的是老王家一块菜地，而老王家有个病人，一直用着呼吸机，前夜他家突然停电，李浩连夜去抢修，老王一家人正对他心怀感激呢。所以，他家的菜地赔偿问题能够轻松解决。现在，大伙儿回供电所来吃午饭，预计日落前能够换上大变压器，并恢复送电。卢组长也向他透露了一点儿调查情况，为的是让他安心工作，保障施工安全。卢组长告诉他，与三叔是否有亲戚关系的问题已基本上查清楚，他们俩并非真亲戚，而是平时李浩供电维护工作做得好，三叔主动攀亲，按辈分叙出来的，几年来一直这么称呼，让部分村民信以为真，或者说，以讹传讹吧。下午，他们再去粮站调查一下，就准备结束这次调查工作了。

　　李浩听了，顿时觉得悬在心头的一块石头落了地，一时胸中无限地轻松舒畅起来。如果说情绪是无形的，它的变化一时难以察觉，那么，看得见的泪水就明白无误地表现出瞬间的变化来。李浩所受的委屈，自发地化成泪水充盈眼眶。

　　李浩长久地仰面向天。此时，他若是低下头来，眼眶里的泪水准会掉下地来。他不想让卢组长瞧见自己的软弱，他就这么保持着一副仰面向天的姿势。直到知趣的卢组长离去，他才低下头来。

　　中午饭堂吃饭时，同事见李浩连吃了三碗饭，就与他开玩笑说："你饭量大增，身体肥胖的苗头出现了。"李浩笑而不语，只顾埋头吃饭，并没有与同事多说话，他不想泄露今天饭量大增的原因，区供电公司调查组的结论还没有正式公布，他只是提前获悉而已。他认为这结论只能由组织上宣布。

吃完饭，李浩也没有休息，就又去了更换变压器的现场了。供电所与更换变压器的现场相距十来里路程，他必须赶在日落前完成变压器移旧换新的全部工作。

卢组长到粮站去调查情况时，粮站朱站长的回答很干脆，绝对没有为供电所开后门卖高价粮。当时的情况是，粮站发现当日前来卖粮的农民特别多，在仅有的一处收粮门口排起长龙似的队伍。因此，粮站临时决定再开一处大门收粮。而李浩就是在第二处收粮门口卖粮的，他只是另一大门口的第一位卖粮人而已。另外，听说李浩是做好事帮孤寡老人卖粮的，而不是卖自家粮食的。他们粮站正准备采访报道这样的好人好事呢。

卢组长听了很开心，他真诚地与朱站长握手，向人家致谢并说明情况，告诉他有人实名举报李浩，请朱站长暂缓一步宣传李浩助人为乐的好事，等与举报人沟通解决问题后，再宣传不迟。

"谁举报的？他娘的，真是吃饱了饭没事干啊！"

朱站长一脸怒容地问道。

"对不起，举报人姓名保密，这是我们的纪检规矩。"

卢组长请朱站长息怒。

"真是唯恐天下不乱。好事倒让他举报成坏事了。"

朱站长性子急，一遇上不通情理的事，他就要骂娘。在他对卖粮事件举报人的一连串骂娘声中，他与卢组长握手道别。

　　忙碌的时候，时间过得很快，转眼两周时间过去了。周一上班时，李浩心里盘算着，这周将要完成辖区内新建一条输电线路的事。这次，新建输电线路的难度要大一些，因为涉及一户人家的祖坟，需要锯掉其坟地上已生长了三四十年的一棵老槐树。这户人家讲究风水，说什么也不让动祖坟，不肯锯掉坟地上前人栽下的槐树。李浩已往他家跑了三趟，苦口婆心地讲其利害关系，告诉他，他家冰箱不能制冷，电视机里"雪花"多，都与电压质量有关，若是新建一条输电线路，这些问题都将迎刃而解。可是，至今对方还没答复同意。眼下，李浩又想好了一篇新的说辞，准备再次登门。他无论如何要在这星期内将对方的思想工作做通，从而将新建输电线路的通道打开。这工作不能再拖延了，迎峰度夏即将开始，这工作必须限期完成。

　　李浩在班组里准备着今日干活儿所需的工具，这时，还所长的电话来了，让他到二楼所长办公室来一趟。他以为是还所长对他正式宣布区供电公司纪检组调查结论呢。谁知这回，还所长又变作雷神，猝不及防的一道晴空霹雳，打得李浩晕头转向，不知所措。

　　"李浩，区供电公司纪检组的调查结论刚刚出来，尚未正式公布呢。可在与举报人进行沟通时，对方固执地认为，我们的调查结论是胳膊肘子往里拐，护着自家人。这调查结论是不公正的，而且，他还断言我们调查不出什么能反映真实情况的结论来，举报人已明确告知我们，他已向我们上级单位市供电公司举报你了。市公司纪检高度重视此事，已成立新的调查组。刚才，市公司纪检来电话了，让你暂停一切工作，待岗配合调查。"

还所长的一番话，顿时将李浩抛到了冰天雪地的境地里。李浩觉得，一阵彻骨寒流流遍全身。

市公司调查组来到供电所后，先与还所长交换意见，商讨如何使这次调查得出的结论具有颠扑不破的权威性。他们认为，举报人是问题的关键，若不正面接触他，调查工作就很被动，无论得出怎样的调查结论都可能被他轻易推翻，他随时可以拿起电话，再次向上一级纪检举报。

据了解，举报人之所以举报李浩，也非就事论事，这并不是一起孤立的事件，而是举报人蓄谋已久的。这事情的起因根源在于，举报人仓一彪在路边开了一家商店，兼营快递业务。李浩按规定让他办理手续，申请营业用电，其电费价格自然要调高档次。可他不愿意，竭力拖延，李浩几次登门协商处理。最后，李浩告知他，若再不办理，就连照明用电一起停。在万不得已的情况下，仓一彪才办理营业用电手续。从此，他对李浩怀恨在心。尽管村里大多数人都赞扬李浩是位称职的好电工，可仓一彪却是乌龟吞下了秤砣，铁了心地跟大家对着干，坚持说李浩是不称职的电工，并四处收集与编造对李浩不利的消息，他还格外热情地学习起供电公司的各项规定政策来，以便他上纲上线地打击李浩。当他得知供电公司的电力抢修车严禁公车私用时，简直是欣喜若狂，他觉得这是一个最佳把柄。本地乡亲们有个约定俗成的习惯，无论你开的是电瓶车，还是小汽车，当路边有过路熟人向你招手，希望你让他搭顺风车带一程时，乡亲们多得停车带他一程，为他人提供便利。这顺路带一程的做法，若是发生在别人身上，仓一彪也会像乡亲们一样，称赞人家做得对，是善意之举，符合本乡本土的习俗。但这事是李浩做的，仓一彪的态度就起了一百八十度的变化，他变作歪嘴和尚，不念正经了。他根据自己了解的供电公司规定，十分有把握地实名举报李浩。而且他相信，这官司即使打到北京去，李浩也是一个字——输。他要借此机会，淋漓尽致地出掉这口长久地郁闷在心中的恶气。

"你好，你就是仓一彪同志吗？"

市局纪检调查组张组长来到仓一彪的商店，见到他时，主动向他问候。

"是的，我就是仓一彪。你们是市供电公司派来调查李浩公车私用的吧！"

仓一彪挺起胸脯，直截了当地说道。

"你怎么知道的？"

张组长惊异地问他。

"当然知道。供电公司可重视这事了，前面刚走了区供电公司纪检组，现在就来了市供电公司的调查组。希望你们这次能调查出客观真实的情况来，让事情到此为止，免得后面再来什么省供电公司调查组。"

张组长听了，心往下一沉，暗想这仓一彪好大的口气，看来他真不是什么善茬儿，谁碰着他，都得当心他咬你一口，这李浩算是买彩票中大奖了。

"你电话里说得不够详细，我也没有完全听明白。今日我们登门拜访，请你详细地与我们说一说当时的情况。为保证谈话的客观真实，我们要做现场录音。"

"没问题，尽管录。我既然实名举报他，就不在乎录不录音。

他公车私用，为亲戚拉粮，是铁的事实。他扰乱卖粮秩序，插队抢先卖粮，也是群众有目共睹的。前面，区供电公司纪检的调查结论，已暴露出官官相护的坏毛病。竟说他们不是亲戚，李浩没有扰乱卖粮秩序，这都是睁着眼睛说瞎话。"

仓一彪愈说愈激动，语速明显加快。张组长让他说慢一些，以便他们能够听明白，同时，递了一支烟给他，亲自为他点上。张组长注意到他亦有礼貌地表达谢意，这说明他虽然容易激动，但仍属于讲道理的人。不过，这次他明显是得理不饶人的。张组长问他："你对自家用电情况有啥意见？也一并向我们反映一下，看我们能否在合理的范围内提供帮助。"

这是一个明知故问的问题，实际上是对仓一彪的一次测验，果然，他的回答很精彩。

"我家用电没问题，我对此没有意见。嗯，不！我有天大的意见呢。可天大的意见就没法说了，我怎能跟老天作对呢？言归正传，就事论事，还是单说李浩公车私用这件事吧。"

仓一彪的一番话前后矛盾，实质上反映出他内心真实的矛盾心理。张组长看出仓一彪是一个狡猾多变的家伙。

临别时，张组长告诉他，现在去三叔家调查其亲戚关系问题，问他愿意同行吗？仓一彪推说自己有事，他貌似天不怕地不怕，其实，他真怕三叔呢。年轻的时候，三叔让他闭嘴时，他屁都不敢放一个。张组长见状就没有为难他，只是让他放心，告诉他，调查同样有录音为证呢，不会弄虚作假的。但是这一去，仓一彪的麻烦还真的来了。

三叔年纪虽大了，可好事坏事却分得清。前面，区供电公司来的陌生人问他的那番话，他闲时里琢磨了很久，终于，他从乡邻们的道听途说里明白过来了，原来是仓一彪欲陷害他的侄儿，导致区供电公司纪检来人调查的。仓一彪这拙劣的做法，在他胸中激起强烈的愤慨，他正要对仓一彪发泄呢。现在，自称是市供电公司来的陌生人又来登门拜访了。于是，三叔像一座沉默的火山，终于忍无可忍地爆发了。三叔也不与张组长多说话，他紧咬牙关，摔门而出。手里紧握着榆木拐杖，向着仓一彪的路边商店方向奔去。

到了仓一彪的商店门前，三叔二话不说，举起拐杖，便耍起舞杖神功来。只见，结实的榆木拐杖，上下左右，挥出杖影重重，像是同时在耍多支拐杖似的，捣鼓得仓一彪家玻璃橱窗上立刻显现出十八个大窟窿来。很快，大窟窿由点及面，玻璃"哗哗"作响地碎了一地。

仓一彪见状，急忙上前挥拳欲打三叔，但被他老婆死命抱住。老婆语无伦次地劝说道："你打得了三叔，可打得过他俩儿子吗？你瘦小个子，他一个儿子你都打不过，何况两个身强力壮的。一旦你打了三叔，就是欺负他们的老子，他俩儿子回来，仅仅略表一下'孝心'的话，都能打你个半死。快打110！快打110！"

听到110这三个数字，仓一彪顿时醒悟过来，连忙拨打起报警电话来。

一会儿，镇派出所来人了。警察对他们俩先后询问，分别做笔录签字。人家出警的整套流程已经走完，三叔仍余怒未消，口中骂骂咧咧："仓一彪这杀千刀的，口口声声说我与供电所李浩是真亲戚关系，诬陷人家李浩公车私用，帮自家亲戚拉粮，要公家开除人家李浩呢！我今天不走了，吃喝都在他家，死也死在他家里。除非，他到人家李浩面前去，磕头认错，诚心悔改。"

民警同志则劝说三叔："有理说理，相信人家供电公司会调查清楚事实真相的。你赖在人家店里不走，就是你的不对了。你年纪大了，应该比他懂道理。况且，还有我们警察为你主持公道呢。"

可三叔不依不饶，继续说着狠话："即使你们警察逼我离开，可你们走后，我又会杀回马枪来。预备将这一把老骨头送给这缺德鬼，我就是死，也死在仓一彪家。请你们通知我在外面的俩儿子回来，叫他们直奔仓一彪家来为老子办丧事。"

警察见劝解无效，便转身向仓一彪，建议他走法律途径解决问题，说完，便向警车走去。可仓一彪的老婆拦在警车门口，死活不让警察同志上车离开，她再三央求人家："无论如何，你们一定要带走三叔，我家里才能太平。"警察便不失幽默地问她一句："我们送老人回家也是可以的，但是，你要问一问你家丈夫是否会举报我们。我们公安也有用车规定的，同样是不准公车私用呢。"

"没人会睁着眼睛说瞎话，将好事说成坏事。我恳请警察同志做一做好事，将三叔送回去吧。"

仓一彪老婆唯恐警察叔叔一走了之，丢下三叔在她家闹腾而不管。所以，她一送连声地恳求警察同志无论如何都要帮她带走三叔。看热闹的群众听了仓一彪老婆的话，都明白仓一彪这回是搬起石头砸了自己的脚，哄笑声不断。在大家的笑声里，三叔才体面地上了警车，由警察同志护送回家。

众人散去后，仓一彪的店里安静下来。可仓一彪的心里却没法安静了，他压根儿没料到，半路上会杀出个程咬金来，他哪里对付得了三叔？真是魔高一尺，道高一丈。仓一彪对三叔是一点儿办法也没有，谁愿意去招惹一个闻名遐迩的狠老头呢？何况，他还有尚未到场的两个儿子，更是名声显赫，文武全行。仓一彪萌生了退意，他想去找市供电公司调查组，请求中止调查，事情到此为止吧。连他自己都认为，这实在是无理举动，难道举报人还能阻拦公家调查吗？现在，他担心极了，唯恐三叔再来找他麻烦。另外，这橱窗玻璃是及时补上，还是暂时缺一阵子呢？仓一彪左右为难。若不及时补上，则既难看又影响店里安全；若是很快地补上了，三叔再杀个回马枪来，又将它砸了，等于白补啊。仓一彪枯坐在商店里，左思右想，总想不出好办法来。谁知，他是屋漏偏遭连夜雨，麻烦接踵而至。

　　李浩负责的输电线路建设工作进行了一半，因李浩停职配合调查而中止。旧输电线路拆了，新输电线路却没有及时建设好。周围用不上电的群众心里可急啦，他们纷纷询问缘由，当他们弄清事情的原委后，自发地来到村口仓一彪家，责问他到底安的什么心，为了个人泄私愤竟然损害群众的利益。当时，就有人在仓一彪的店门前宣布，今后，我们坚决抵制他，既不来他家商店买东西，也不到他这里来寄快件，让他感受到群众的威力，尝一尝得罪了群众是什么滋味。然后，他们浩浩荡荡到镇政府说理去了。

　　此时，供电所还所长也是忙得焦头烂额。配合公司的纪检调查工作是所有工作中的优先选项，大家都得为它让路。李浩负责的低压输电线路建设工作，虽然是供电所的一项重要工作，事前他们精心研究布置，预计能同时满足两个村的供电需求，可现在却造成了骑虎难下的尴尬局面，旧输电线路拆了，新输电线路却没有及时建设起来，当地老百姓连低质量电压的电也用不上了。群众们到镇政府去讨说法，政府立刻来电话询问，镇政府表示高度重视群众的用电诉求。当还所长说起人家祖坟上一棵树难处理的事时。政府人员说这事好办，由南严村协助你们处理，这棵树今日应该能解决掉。另外，明晚必须使新建输电线路通上电，确保两村群众明晚能看上新闻联播。情急之下，还所长擅自决定，让李浩恢复工作，命令他戴罪立功，立刻去南严村组织实施新线路的建设工作。

如期送电以后，当地百姓如愿看上了电视。百姓首先夸奖政府说话是算数的，办事效率高。政府通过及时送电这件事，在老百姓中赢得了赞誉，增加了群众信任的得分，政府与群众皆大欢喜。可李浩看着万家灯火，心里却高兴不起来。原来他的左手大拇指在施工过程中被压伤了。工作中，他处处提醒别人要注意安全，到头来自己却在安全上出岔子，真窝囊。他也是心理压力大，工作一不留神，就将大拇指压着了。他回到供电所里，没有吭声，可火眼金睛的还所长一眼便看出了，但他没有声张。目前，李浩名义上正停职配合调查呢。若这事传出去，就等于宣告李浩仍在工作中呢，还所长能脱干系吗？

按照惯例，供电所里每次圆满地完成一项民生工程后，都要庆贺一下。过去，多半是选择在镇上的小饭店里，自加强党风廉政建设以来，就改在供电所饭堂加两道菜。工程竣工庆贺的规格降低，但内容没有变，同事们议一议谁做的事多，哪方面做得不足。还所长要口头表扬一下好人好事，总结一下施工经验，以利今后进一步开展工作。可今晚是最无趣的一次庆功会，主角李浩一言不发，始终沉默寡言，同事们草草地吃喝一点儿，就早早地散了。

饭堂里，只剩下李浩和还所长他们俩。周围无他人，还所长对李浩说出自己的担忧，公车私用的事没完没了了。仓一彪这个人顽固得很，他的确是茅坑里的石头——又臭又硬。还所长拍一拍李浩的肩膀，提醒他做好打持久战的思想准备。接下来一段时间，原则上不安排他到现场工作了。但万一现场人手不够的话，还会暗地里派他去现场帮忙。但是，千万要做到安全第一。还所长叮嘱李浩，要沉着冷静，禁得起考验，这也是一次锤炼他心理素质的机会。李浩点头答应。然后，他们就各自回家了。

其实，仓一彪并没有从三叔上门砸玻璃事件中吸取教训，及时悬崖勒马，而是彻底被激怒，行为更加偏激。他也不等市供电公司纪检调查结果出来，便再次升级举报行为，将举报电话直接打到省公司。而省公司为在全省严肃劳动纪律，加大执行严禁公车私用的力度，正要寻找这方面的典型事例用来警示教育全省电力公司员工呢。因此，省公司在电话里答复仓一彪，等到市供电公司调查结果出来，若确有其事，果真如他所说的话，可作为全省的一个反面典型来处理。同时，也欢迎他监督供电公司行风行纪的执行情况，建议他主动申报地方供电公司的行风行纪义务监督员。这来自省电力公司的最新消息，令仓一彪兴奋得彻夜难眠，若是真的被聘请为供电公司行风义务监督员的话，那么，他再点评起供电事务来就成了本职工作，绝对是名正言顺了。他没想到当初举报只是为泄私愤，现在却歪打正着眼看要修成正果呢。

　　市供电公司纪检调查组的同志在调查走访中十分注重物证资料的收集。例如，他们到粮站调查李浩是否欺行霸市插队卖高价粮时，不但做了当事人的笔录，盖了粮站单位的公章，另外还拷贝了粮站门前的视频监控。大量事实证据表明，李浩是文明办事，处处遵章守纪的。调查组的同志还扩大调查范围，全面了解李浩的一贯工作态度与服务水准。

　　调查组同志到李浩负责供电服务的村里走访，深入了解群众对李浩的供电服务工作的反馈。村主任是个爽快人，他说道："如果我说李浩这么多年来供电服务工作做得特别好，或许有人说我有以偏概全之嫌。现在，我带领你们去走访一些农民家庭，他们家都离这儿不远，去听一听他们怎么评价李浩的，你们一听便能明白李浩在群众中的口碑如何。我带你们去的第一家，便是李浩的亲叔叔家，这可是真有血缘关系的。"

　　调查组同志不知眼前这位村主任葫芦里装的啥药，毕竟他们也是与这位村主任初次打交道。难道他是在搞黑色幽默，坏话好说，变着法子说李浩的坏话不成？调查组同志不惧事实真相，他们都本着实事求是的态度对待，客观公正地求证，好就是好，不好就是不好。

　　南严村是一座镇里先富裕起来的村庄。村里的家庭作坊式小工厂真不少，李浩亲叔叔家就开了一个小工厂。远远地，就能听出从他家里传来的机器轰鸣声。当村主任上前去敲门时，门仅开了一条缝。开门的人与村主任长久地隔门对话，却迟迟地不愿开门迎客。

　　终于，村主任说服了对方，对方终于打开门让调查组同志进来。张组长直率地对他表明身份："我们是市供电公司人员，此行的目的是向你了解一下李浩的供电服务态度与工作表现如何。我们知道你是他亲叔叔，更熟悉他，希望你如实反映李浩的情况。"

张组长惊讶地发现，这位亲叔叔一提起李浩顿时就来了情绪，他对李浩的不快溢于言表，他直言李浩是六亲不认的冷血动物。张组长不解地问他："此话怎讲？"

亲叔叔说道："李浩太嫩了，这家伙在顺风顺水的环境里成长起来，做事不知天高地厚，因为我是他的亲叔叔，他反倒拿我当典型，向村民们展示他是秉公办事不送人情电的。害得我在乡亲们面前一点儿面子都没有。人家问我，李浩可照顾了你？你家用电优惠些吗？照顾个屁！还不如没有这个侄子呢！他只顾图自己的名声，却处处委屈着我。"

这时，村主任插话对他说："你不要满腹牢骚，净说你侄子的坏话，他现在处境艰难呢。人家来就是调查他的事情的。"

"知道，知道。"

亲叔叔不耐烦地回答道："知道有人打电话举报他，让他苦恼呢。活该，就该让他吃些苦头！他六亲不认，没大没小的，迟早要吃苦头。虽然这举报电话是诬告他的，但能够折腾他一阵子的。"

"你怎么知道举报电话不属实的？"

张组长紧抓住他话头，追问他。

"别人举报他，我们还得问一问缘由，仓一彪举报他，我们问都不用问就明白是怎么一回事。仓一彪心胸狭窄，睚眦必报。小题大做，拿着鸡毛当令箭是仓一彪的惯用伎俩。"

张组长听了，心里有了底。他们告别李浩亲叔叔后，在去第二家走访对象的路上。张组长问村主任："他叔叔为何对他意见这般大呢？"

村主任回答说，他叔叔贪小便宜的想法落空了，以为自己亲侄子当电工，自己就能得到用电方面的不少好处呢。听说，他叔叔家小工厂里用的电都是按营业用电收费，严格按照供电公司电价政策执行的。这我相信，村民们也深信不疑。群众的眼睛是雪亮的，他亲叔叔的牢骚话就从反面证明了这一点。

他们去的第二家，就是刚与供电所打交道不久在祖坟上为输电线路让道锯树的那一户。调查组的同志听了心里忐忑不安。他们清楚，处理树与电线的冲突是最棘手的事。被处理的村民总认为自己吃了亏，处理不够公正。因为此类问题引起举报上访的案例比较多，纪检的同志曾多次接待这类上访户。因此，他们也对将要走访的对象心存顾虑。不过村主任却没有一点儿顾虑，他说事情已经处理好了，现在去他家就像是走亲戚，只是请当事人回忆一下事情经过，人家可是对李浩心怀感激呢。

果然，村主任与那家人见面时，那人便主动询问村长："事情已经解决了，还来干什么？"

村主任说："知道事情已解决啦。你瞧不出吗？这回我来的脚步很轻松。请你实事求是地告诉他们，事情处理的经过，你有什么感想。"

"他们是什么人？"

"哎，我忘了介绍，对不起。他们是市供电公司纪检组的同志，来调查了解李浩供电服务工作的。"

"人家李浩工作得很好，纪检调查他做啥？真是吃饱了饭没事干！"他听了，当时就变了脸色，没好声地对他们说道。看来，眼前这位农民兄弟对供电公司纪检人员调查李浩颇有不满，他本能地爱护着李浩呢。

"你误解了，"村主任左手搭着他肩膀对他说道，"纪检调查一个人，不一定是坏事，有时是好事呢。他们能弄清事情原委，澄清事实真相。纪检的调查工作也能恢复被冤枉的人的名誉呢。"

"对，对，就得恢复人家李浩的好名声，让人家正常工作。说人家什么公车私用，净说瞎话。明天仓一彪家出了什么事，看谁去帮他！若不是看在李浩的分儿上，我家祖坟上的那棵老榆树，无论你出多少钱，我也不让锯掉。"

为什么要看在李浩的分儿上呢？张组长插话问道。

"李浩这电工做得很称职，这么多年来，换了几位电工。其中，李浩是我们最满意的一位，村里群众都这么评价他。无论哪家有了用电故障，他都能随叫随到，不分白天与黑夜，风里来雨里去。他留下的服务电话，总是一拨就通，二十四小时随打随接。我若不配合人家李浩工作，不肯锯掉祖坟上大树的话，全村人都会对我有意见呢。而违背大伙儿的想法，我是万万不敢的。"

张组长听他这么说，趁机表扬他："你真是一位好素质的农民兄弟，向你致敬，我代表供电公司感谢你支持我们工作。"

这次纪检调查，张组长觉得算是一次轻松愉快的走访，公道自在人心。多数人是实事求是地说话，赞扬李浩的。现在已查明了事情的真相，他心中也有了主见，知道如何处理这起举报了。可就在这时候，他又接到来自省电力公司的电话，上级纪检部门要求他查清事情真相，做到功归功，过归过，而且，功不抵过。若他果真是公车私用的话，即便他是一位好员工，偶尔犯一回错误，也必须严肃处理。这使他陷入了两难的境地，张组长苦苦思索，究竟该如何处理这事。

夏日的傍晚，暴雨如注。这天，还所长安排李浩去区供电公司仓库领一批材料回来。一路上，车窗的雨刮器勤奋地工作着，但人也只能看清前方约三五米，很快，车窗上便覆盖起一幕雨帘，雨水模糊了视线。紧接着，雨刮器又杀着回马枪挥扫过来，雨帘即刻收起，车窗又暂时地清晰起来，露出了前方的一段路面。就这样，雨与雨刮器一路上不分胜负地反复较量着。

李浩心想，今天这雨真大，因此，他小心驾驶着，车速很慢。忽然，他看到前方有一个学生模样的女孩正冒雨骑车赶路。他想起来了，今天是星期天，理应是学校放假，住校学生回家来取些生活用品，下午又返回学校。不巧的是，这学生在返校途中遇上了大暴雨。

李浩进一步降低车速，这是一段单行道的乡镇公路，两旁是深沟与农田，他尽量避免将泥水溅到孩子身上。

忽然，在车窗又一次清亮时，却不见了那女孩的身影。她去哪儿了？李浩感到奇怪，在这样的恶劣条件下骑车对一位女孩而言是相当危险的。李浩睁大眼睛，他又推高一档操纵杆，令雨刮器极速工作，好让他寻觅那女孩的身影。

可他左看右看，就是难觅那女孩的身影，连她的电瓶车都一起消失不见了。

难道她是落到电力抢修车后面去了？这是不可能的，两车还没有交会呢，自己一直是小心翼翼地跟在她后面的。李浩深知这阶段的学生学习负担特别重，最是不能发生意外的时候。他犹豫了一下，要不要停下车去寻找孩子？可他有公事在身，这是所里的公车，前面公车私用的事件尚未了结呢。

很快，良知占了上风，李浩将心一横，打开车门，义无反顾地冲入暴雨中。事后他说，谁遇上了这事都不会视而不见的。若是见难不帮的话，良心会折磨自己一辈子的。

他人刚下车，立刻浑身湿透，如掉进水里一般，可他顾不上这些了。他在路面上来回寻找着，都未找到那个学生。这孩子莫不是掉进了深沟里？李浩心生不祥的预感，他倾身向深沟里探望。

路边的深沟约有三米深。之前这里没有路，都是大面积的农田。后来，村里就地取土，垒成高高的道路，因此就落下了这道深沟。不过，这盛夏之际，沟里野草长势茂盛，使得深沟看上去浅了许多，即使连人带车跌入沟里，也会被茂盛的野草遮掩身影。

李浩跳下沟去，在沟底拨草寻找着。终于，他看见了那可怜的女孩，她正横躺在沟底，电瓶车压在她身上。可能是已经受伤了，她躺在沟底，也不努力挣扎起来，任凭雨浇水注。

李浩大步跨过去，他双手推翻压在她身上的电瓶车，然后迅速地伸手去拉她起身。女孩站起身来，他与女孩面对面时发现，女孩哭得脸通红，脸上不断流淌的雨水，淹没了她的泪水。

"别哭，我来帮你爬上去。"

李浩安慰着这可怜的女孩，他想先帮助女孩返回路面，可是女孩不愿意弃车而去。于是，李浩让她站在一旁，自己设法将她的电瓶车先推上路去。雨中的坡地经雨水浸泡后，泥土松软，李浩使劲推车上坡，眼看车就要被推至路面时，忽然坡上松动的泥土往下滑去，使得他连人带车一起滑下坡底。李浩再次努力推着电瓶车重新上坡。几番来回，李浩终于将车推到路面上来。然后，他又跃下沟底帮助女孩返回路面。

坐在电力抢修车里，那女孩渐渐平静下来，她停止了抽泣。李浩问她："你为何独自一人冒雨赶路呢？"

"我是县一中的学生，今天回家取衣物，回来遇上这场大暴雨。这一路上也没有一处可躲雨的地方。我想，反正衣服都湿透了，我就冒雨继续向前走。我爸爸也跟我一起的，被子、衣物都在他的电瓶车上，他骑得慢，现在不知他在何处。爸爸肯定不知道我掉进沟里。"

说到这里，女孩又伤心地哭起来。李浩见她胳膊受伤，不能抬举，不知她伤得如何。李浩掉转车头，准备先送她到附近刚经过的诊所去检查包扎。

李浩驾车慢行，一路上他留心观察路上的行人。果然，车开了约十分钟，只见一个中年男人正在路上四处寻找呢。李浩估计他是女孩的父亲，就将车停在路边等他，那男人经过车旁时，转过身来一瞧，他们互相都是大吃一惊。真是冤家路窄，这男人正是仓一彪，而仓一彪一眼便看见自己女儿正坐在他车上呢。

"你怎么啦？"

仓一彪见着女儿，也不与李浩招呼，第一句话便是直接询问女儿的情况。女儿告诉他，自己在雨中行车，因雨下得大，看不清路面，她一失足跌进了深沟里。"是这位好心的叔叔停车帮助我，我才从沟里爬上来的，你谢谢人家啊！"女儿不知他们相互早已熟悉，更不知道最近发生的举报事件，她只是按人之常情说话。

可仓一彪没听女儿的话，他冷冷地又瞧了李浩一眼，瞧得李浩浑身不自在。仓一彪骑车走在前面，李浩驾车跟在他后面，一路上互相都没说话，到了诊所门口，他们也少交流。可女孩到底是中学生了，她懂得礼貌，知道感恩，临别时，她忍住胳膊的疼痛，脸上挤出笑容与李浩叔叔说再见。

而仓一彪那怀疑的目光，令李浩每每想起时便觉得如芒在背，心里很不舒服。他知道仓一彪怀疑自己是肇事者，是自己驾车撞了他女儿，既做坏事又扮好人。说实话，当时在暴雨里若是知道她是仓一彪的女儿的话，他会不会伸出援手，自己现在都不能确定呢。起码，他会犹豫不决的，毕竟他做好事仓一彪也会诬陷他。

约一个月后，市供电公司纪检的调查结论出来了，即将正式发布。在发布之前，纪检先与供电所通个气儿，算是提前打招呼，也有预防李浩与所里同事不服，让还所长先做一做他们思想工作的意思。从情理方面讲，李浩的做法是对的，见到困难群众，本能地伸出援助之手帮一把。但从供电公司规定方面讲，严禁公车私用，不得以任何理由相违背，从而确保安全生产。这规定无可争议，今后仍将严格执行。李浩公车私用的基本事实已查清，人证物证都齐全，最主要的是，实名举报人毫不让步，频频致电追问。他对公车私用处理结果若不满意的话，必然会层层向上举报，直到他满意为止。况且，省电力公司也已关注此事。综上所述，认定李浩公车私用，情况属实。下面，将据此结论进行处罚。

李浩听说后仿佛遭到重重一击，第二天上班，他将自己关在班组仓库里，闭门思过。同事们从仓库门前经过时，知道他独自一人在里面正烦恼呢，虽然同事们也想劝慰他两句，但实在想不出什么有说服力的安慰话语来，所以，谁也没有敲门进去打扰他。

临近中午时，还所长下楼到班组来找李浩，听说李浩在仓库里闭门思过呢。还所长来到班组仓库门前，得意地将木板门敲得咚咚响，好像不知道李浩在里面正苦恼呢。

"有啥事？"

李浩开门发问。

"到二楼来一趟，我有话对你说。"

还所长笑容满面地对他说。

"有啥事？就在这里说吧。"

李浩不愿随他上楼。

"当然有要事，你上楼来就会知道的。"

还所长头也没回，他返身向二楼自己的办公室走去，边走边对身后的李浩说道。于是，李浩只好硬着头皮跟他上楼。

到了二楼，进入还所长办公室，屋里已有一人，正等候李浩到来。他见了李浩，大步走上前主动与李浩握手，但他碰了一鼻子灰，李浩没有伸出手去接应。

那人正是仓一彪。李浩弄不明白眼前是怎么一回事，按照李浩的想象，这处理结果正是仓一彪所期望的那样，他已如愿以偿，此时，仓一彪应该是趾高气扬，对他不屑一顾才是。仓一彪可以在乡邻面前，大肆炫耀他的举报成绩了。可此时他跑到供电所来做啥？还与自己握什么手呀？

"李浩师傅，我上门来是向你负荆请罪的。你是好人，大好人。我不是人，真不是人！我是一个坏蛋！我向你三鞠躬，赔礼道歉！"

　　说着，仓一彪便大幅度地对李浩一鞠躬。在李浩面前，仓一彪深深地低下头去。事态发生了急剧的变化，原来，仓一彪上门来是赔礼道歉的。可李浩认为大家都是乡里乡亲的，无论何事也犯不着行此大礼呀。李浩本能地伸手去阻拦他的二鞠躬。而仓一彪见李浩伸过手来，顺势拉住他的手，如愿以偿地紧握着他的手，动情地对李浩说道："你是我家的大恩人啊，那天在暴雨中，若不是你及时救助我女儿，后果真是不堪设想！我女儿后来都告诉我了，我现在完全清楚啦。她刚跌入深沟时也曾大声呼救的，但别人或者是真的没有听见，或者是虽然听见了呼救声，但是怕给自己惹麻烦，便假装没有听见，他们都没有停车。不过，我并不责怪他们，这年头谁愿自找麻烦呢。但是，你与众不同，暴雨里，唯有你停下车来，冲进暴雨里四处搜寻与救助我女儿。可我当时并不知道真实情况，我甚至怀疑是你的车撞了她。"

　　说着，仓一彪便松了左手，抬起手来，欲抽打自己的脸。但被还所长及时拉住了。仓一彪又向还所长说道："还所长，你无论如何都得收下这面锦旗。"说着，仓一彪将带来的锦旗展示出来。原来，仓一彪是来供电所送锦旗的。只见锦旗上有十四个金光闪闪的大字："好电工雨中救人，此深恩百姓铭记"。

　　"不是我不收锦旗，而是眼下我实在是不能收下这面锦旗。若我收下这面锦旗，不就等于承认有这回事吗？这又是一桩公车私用的事件啊。李浩是无论如何都不能再驾驶电力抢修车了，这车钥匙非收回去不可。你知道的，他前面公车私用的事，我们已被调查得焦头烂额，疲于应付。现在处理结果出来了，够李浩受的呢。"

"怎么？要处分李浩？"

仓一彪神情紧张地问道。

"岂止是处分，他这份农电工的饭碗能否保住也是未知数呢。"

还所长将问题的严重性对他和盘托出。

"不行，李浩是一位好电工。解铃还须系铃人，我亲自去找你们上级领导，说明李浩是个大好人。"

"若你能去公司跑一趟说明情况，那真是帮了我们大忙，这远比送锦旗实在呢。"

"锦旗你且收下，我现在就去乘车进城找公司领导。"

"这锦旗我暂且收下，但不能挂，等候你传来佳音再挂不迟。请你谅解，我不能在同一时期里既肯定李浩又否定李浩，造成自相矛盾的混乱局面。"

"行。"

仓一彪说到做到，他转身就出发，乘车去了区供电公司。李浩冒着倾盆大雨帮助他女儿脱险的事深深地打动了仓一彪，使他的态度发生了一百八十度的大转变。仓一彪完全抛弃了过去的成见，认识到李浩的确是一位好人。

仓一彪来到卢组长的办公室里说明来意。卢组长很惊讶，先给他倒杯茶，让他慢慢说。等他说完了，卢组长说道："首先，我真诚地感谢你，远道而来，专程表扬我们的一位供电所员工。其次，这次的公车私用事件已经闹大了，现在已由不得我做主，必须向市供电公司纪检说明情况，由他们确定处理意见。"仓一彪听了卢组长的话，立刻放下刚端起的茶杯，一口茶都未喝，转身出门，乘车前往市供电公司去。

可今天，市供电公司纪检办公室里没有人，他们都已有事外出，或到省公司去开会，或下基层去调查研究。接待他的姑娘让他打个电话，将要反映的事情在电话里向纪检同志说清楚。仓一彪告诉这位姑娘，他要反映的事情很重要，电话里难以说清楚，必须面谈才行。姑娘便给他预约，明天一早上班，有人专门负责接待他。他听了姑娘的准话，才肯离开市供电公司。

晚上，仓一彪的女儿打电话回来。女孩在电话里不说别的，就问他一件事，为人家电工李浩恢复名誉的事办得怎样了？仓一彪告诉女儿，锦旗上写着她想好的感谢话语，并且已将锦旗送到供电所。但供电所里暂时没有悬挂这面锦旗，还所长的意思是等上级撤销了对李浩的处分才能宣传李浩的感人事迹。为此，他今天跑了区供电公司与市供电公司两家单位。明天还要继续跑，与人家面谈才会有理想的结果。女儿鼓励他加紧办，一定要尽快完成这事，及早恢复李浩叔叔的好名声。"就像你要求我好好学习一样，你一定要把这件事尽快完成。"仓一彪在电话里答应女儿，一定会把这事办好，让她放心，只管好好学习就行。女儿要他明晚打电话告诉她面谈的结果。

仓一彪放下女儿的电话后，思想上添了负担，这是女儿压给他的担子。明天，若是市供电公司纪检同志的态度与区供电公司的一样，那就麻烦了。他就无法向女儿交待了，也无法向李浩交待。仓一彪开始心生悔意，他悔不当初，不该举报李浩，害得自己现在是作茧自缚。谁知当晚，他的窘境还不止于此。

三叔得知李浩要受处分后，他心里焦躁不安，于夜晚摸黑上门来，向仓一彪讨说法来了。这年头，老人可不能得罪，纵使他有错在先，甚至是无理取闹，你也得让着他三分。何况，三叔在这事上占着充足的理由呢。可他不晓得最新情况，就是仓一彪已经回心转意，正为李浩平反的事四处奔波呢。

仓一彪见三叔气势汹汹地跨进门来，他知道三叔的来意，但他并不生气，没有以对等的态度相待。他非常大度地转过脸去，吩咐正在厨房里忙碌的老婆添一双筷子，他要与三叔喝杯酒。三叔来之前，仓一彪正独自喝酒，心里想着明天要办的事，现在三叔来了，正好听一听他的意见。仓一彪这副泰然处之的态度，弄得三叔是丈二和尚摸不着头脑，他不知仓一彪为何突然转变了态度，见到三叔来也不惧怕了，未采取一点儿防范措施。不过，你仓一彪不胆怯，我三叔更不在乎，别说喝杯酒，就是拼了这条老命，我也不退却。

"三叔，我现在对李浩的看法与您一样，认定他是一个真正的好人。以前，我没认识到这一点，做法太偏激。现在，我正痛改前非呢。"

仓一彪开门见山地说。他将自己今天跑两家单位的事告诉了他。三叔听了，心里舒坦起来。他高兴地端起酒杯，痛快地喝下第一杯酒。仓一彪又告诉他，明天一早自己搭头班车进城，去找市供电公司纪检的同志，与人家面谈。三叔听到这里，便主动举起酒杯，敬了仓一彪一杯酒。而且还特意叮嘱他，务必将好话说好，今晚就要准备好说啥，一定要赢得人家的理解与同情才是。后来，仓一彪又将李浩雨中救他女儿的感人事迹，对三叔详细描述。三叔说，我的侄儿就是这样的好人，你今天才知道啊？你真是个大笨蛋！

当晚，三叔与仓一彪喝了一顿开心酒。告别时，两人已和好如初。仓一彪送他到大路口，吩咐他慢走，到家后给他打个电话，让他放心。三叔则叮嘱他，明天的事一定要办好，晚上回来为他接风洗尘，到三叔家里去喝庆功酒。

第二天一早，仓一彪比人家上班的还早，他早早地站在市供电公司大门口等候着，与第一批上班族一起走进办公大楼。纪检同志准时接待了他，并告诉他实名举报是一件很严肃的事情，不能随意撤销的。撤销举报同样需要经过调查核实，核实是否为举报人的真实意愿，一定要排除举报人可能受到胁迫利诱等因素的影响。仓一彪听得头脑里嗡嗡作响，他没料到撤销举报竟也需要按照严格的流程办理。今晚，他在电话里如何向女儿交代？另外，三叔那边已准备为他接风，那接风酒怎喝得下去？因为撤销举报的事未能如愿了结，引出了一系列的问题。

"领导同志，我现在知道错了，我后悔万分。恳求你看在我初犯的分儿上，这次就简化处理流程，尽快撤销对李浩的处理吧！"

仓一彪厚着脸皮央求着张组长。

"你别急，你是否错了要容我们重启调查程序，再作结论。你且回家去，过正常生活，有需要你帮助的地方，我们会主动登门拜访你。"

张组长安慰他道。

"要快，要快！"

临出门时，他拉着张组长的手，再三恳求。

晚上，女儿等不及他打电话过去，便主动打电话问他这事，他说人家纪检要重新调查核实，估计要一个月左右的时间呢。女儿听了，很不高兴，她在电话里告诉父亲，她现在距离期中考试也有一月左右的时间，要他尽快恢复人家名誉，切勿让这事影响她参加期中考试的心情。这孩子将她的学习成绩与这事捆绑在一起，这分明是要挟当爸的啊，可他有什么办法呢？女儿知恩图报，这是人之常情，无可非议。三叔知道这情况后，也很不乐意，当晚的接风酒都没有喝，说是且将这酒封存起来，待到心情愉快的日子到来再喝。三叔心里明白，这事情不了结，他的侄儿李浩便一直是愁眉不展，不会开开心心地工作的。

"要不然我与你同去供电公司一趟，两人一起向人家求情。"三叔对仓一彪说道。这话里分明有责备仓一彪办事不力的意思。

"人家又没要你去，你去做啥？再说又不是你举报的，你去了有啥用？不过，三叔你放心，下面若是仍然不见效果，我就天天去供电公司请愿求情，以我十分的真心诚意打动他们。"

三叔只淡淡地回了他一句："我看着吧。"

次日傍晚，三叔家风扇突然不转了。这事若发生在从前，他会不假思索地给李浩打个电话，请他过来一趟。可现在，三叔变得优柔寡断起来，不知是打电话好呢，还是不打电话为宜。他明白侄儿此时心里正烦恼呢，违反了公司用车规定的事如同一座大山压在他心头。仓一彪这混蛋，虽然现在已经觉悟过来，迷途知返了，可他到底是个成事不足败事有余的家伙，看他一趟趟地往人家供电公司跑得热乎，可几次都说不动人家，事情办不下来。三叔替仓一彪暗暗着急。

过去，轻轻一按，电风扇就转。三叔已经习以为常。可现在电风扇闹情绪，罢工了，费了九牛二虎之力，电风扇也毫不动摇。似乎非得大侄儿李浩来一趟，在某个地方用起子紧一紧，它才肯抖擞精神，重新工作。

夏日炎热，离不开风扇。风扇停转片刻，三叔已热得汗流浃背。三叔思来想去，最后一咬牙，还是给李浩打了电话。至于这次他能否像往常那样及时赶来，三叔就不计较了，由他去吧。已将人家伤害了，还能指望人家为你热情服务吗？三叔十分理解与同情李浩。

可李浩还像往常一样及时赶来了。进入屋里，他就径直来到西房间里台式电扇旁。三叔家里的几样电器分别摆放在哪里，李浩心里是一清二楚，过去他都修理或检查过。李浩熟练地拆下电扇外壳，像个魔术师似的，在那电线上拧几圈螺丝，再一接通电源，电风扇如见熟人一般，摇头晃脑地工作起来。

三叔将自己能想到的感谢话语，一股脑儿悉数奉献给他侄儿，还特意泡了一杯好茶端给李浩。他在外打工的儿子知道父亲有爱喝茶的习惯，因为他们忙于挣钱，回来得少，心里就有些愧对老父，便不时地买些好吃好喝的寄给他，村里人都知道三叔喝的是好茶。但这好茶一般人都喝不上，唯有李浩能享受到。

"三叔，下周我就调防片区啦。这里由电工赵俊接手。"

李浩喝茶的时候，与他闲聊起来，顺便说起了自己将要工作调动的事。

三叔听到这话，顿时紧张起来。

"你在这里工作得好好的，突然调动做啥？"

"这是正常调动，那赵俊人也不错，电工水平也不懒。说不定一段时期人家干下来，你们会认为他比我好呢。"李浩安慰三叔说道。

"你不能走！你对我家电扇、冰箱等电器的老毛病完全是了如指掌，总是手到病除。不行，你决不能走，我去找你们还所长理论！"

"三叔，就算帮我个忙，别去找我们还所长了。因为我个人的事，已让还所长操碎了心，别再给他添乱了。今后，你若还信得过我的话，用电方面遇到问题，只要你打一个电话，我接到你电话就来。"

三叔见李浩在这关键问题上做出承诺，自己的目的算是达到了，便转移了话题，不再与他争论去留问题。

喝完茶后，李浩告别三叔，踏着夕阳返回供电所，三叔在身后目送着他。这时，西天的夕阳将成堆的乌云烧成火炉里的蜂窝煤一般，没烧着的部分像是提前到来的黑夜。而被夕阳燃烧着的乌云，四分五裂，火烧云的裂隙里，放射出利刃似的金色光芒来。即将告别的夕阳，在临行前仍然散发着与白天一样的光与热。

市供电公司纪检同志做事认真，他们说到做到，张组长又专程到秦西供电所来，重新调查出现的新情况，并向还所长提出忠告：不得采用不正当手段利诱胁迫举报人改变态度，令其说违心话，做违心事。如果真的出现这种恶劣情形，将严惩不贷。还所长则以人格担保，郑重地向张组长保证，绝无弄虚作假。他还将仓一彪送来的锦旗拿出来，给张组长他们瞧。

"这面锦旗，上不上墙悬挂公示，我正左右为难呢。"

还所长又向张组长介绍了所里近期工作调动的情况，全体电工相互轮换工作区域，重新分配工作，防止积久弊生。李浩过去负责的村庄有很多群众联名挽留他，要他继续当这片区的供电负责人。甚至已经有人扬言，若供电所不保留李浩在原地工作，他们就集体上访，到区供电公司去讨说法。张组长强调，构建和谐的供用电关系至关紧要，将用电上访事件化解于萌芽状态是供电所长的分内事。张组长建议他因势利导，让全所电工与各片区群众进行双向选择。

"那我敢打包票，李浩一定是最热门的争抢对象，各片区的群众都希望享受他的服务呢，这又让我犯难啊。"

"看来，我们这次调查查出的结论，与当时的调查初衷是南辕北辙呀。李浩确实是一位受到群众拥护的好电工。我们要尊重事实，对凭自己的服务实绩赢得群众一致好评的电工，我们要理直气壮地支持他，当他一心为人民服务的坚强后盾。我会根据这边的新情况如实向公司领导汇报，与上级部门充分沟通协商。我们纪检的办事原则就是，绝不放过一个坏人，但也绝不会委屈一位真心实意干工作的好员工。"

张组长的一番话，让还所长顿觉眼前柳暗花明，脚下峰回路转。

仓一彪很重视女儿的学习成绩，她现在念高二，学习成绩一直是班上的前五名。女儿学习很用功，自觉性高，不用他当家长的督促，自觉地努力用功学习。可就是有点儿小脾气，一旦她犯起脾气来，威力可不小，能让她爸连夜失眠呢。因此，仓一彪对她百依百顺，尽量不使她犯小脾气，特别是在这冲刺明年高考的关键时期。仓一彪记得很清楚，按照往常惯例，女儿的期中考试成绩这几天应该公布出来了，女儿早就该向他报喜了。可这回没有，他几次电话询问，女儿都说还没考呢。直到昨日，他偶然遇见一位与自己女儿同在一个年级的女孩家长，人家告诉他，期中考试成绩已经公布出来了，人家正为自己女儿的成绩不佳而烦恼呢。

女孩家长的话沉重地打击了仓一彪。他的女儿从来不对他撒谎的，但这次却学会说谎话了。莫不是她考试成绩不理想，而对他刻意隐瞒？可女儿成绩向来平稳，一直在班级上名列前茅，这一回究竟怎么了？当晚，仓一彪失眠了。莫不是她私下谈恋爱了，导致成绩下滑？或者，在这关键的冲刺阶段，班级上又跑出了黑马，学习成绩一下子超过了自己女儿？还是其他什么未知的原因呢？仓一彪决定第二天到学校去一趟。

"你来做什么？"

在校门口，女儿见到他时，冷着脸问。明显地，女儿对他突然到访感到不满。

"我是去市供电公司的，顺便来看一看你。"

仓一彪刻意隐瞒实情，故作轻松地说道。

"我要你来看什么？你快些将人家名誉恢复了。"

"期中考试成绩出来了吗？"

"你问了多少遍啦？我最后一次回答你：等你的事办好了，我才有成绩。"

说到成绩的事，女儿嗓门儿陡然提高，亮出她为父亲画上的底线。眼看，父女俩的冷战就要升级为热战了。仓一彪知道女儿的脾气又要犯了，便知趣而退，默默地离开了学校。

到了市供电公司门口打电话询问，张组长人又不在单位，正在省城开会呢。不过，张组长让他放心地回家等待结果，顺便告诉他，李浩将调整工作岗位，到其他片区去工作。仓一彪一听这话，急了，电话里追问张组长，是不是因为自己举报的缘故，迫使李浩离开原来工作岗位的？张组长告诉他，具体离开的原因他也不清楚。仓一彪恳求张组长千万别调走李浩，那样的话，村民们要怪罪他将一位好电工逼走了。他女儿更不会放过他，说他诬赖迫害好人。仓一彪情急之下，对张组长实话说这事已经严重影响到自己女儿的学习成绩了，他一向温顺的女儿因这事正与他赌气呢，始终不肯告诉他期中考试的成绩，等等。张组长听了，让他赶紧去秦西供电所，若人员调整的方案尚未公布上墙的话，还有希望可以调整。仓一彪听了张组长的话，赶紧放下电话，乘车回去了。

"还所长，请你务必保留李浩在原地不动。若是非调动不可的话，也必须等到明年高考结束后才行。"李浩见了还所长，开门见山地对他说道。

"为啥？"

"为我女儿的学习成绩，他已与我女儿的成绩捆绑在一起了。你无论如何都要帮我这一回。"

他将女儿与他赌气的事，一五一十地告诉还所长。还所长说："你又给我出难题了，我们本来搞的是供用电双方互相选择。你现在让我保留住李浩在原地不动，其他村民难道没有意见吗？供电所的同事们会怎么想？他们都会认为我做事不公的。"

"所长大人，我求你啦，你无论如何都得答应我，否则我哪儿也不去了，成天都待在这里陪你工作。"

"老仓啊，你说这话就是走极端，胁迫我就范啊。"

"我实在是万般无奈。"仓一彪打着哭腔说道。在二楼所长室里，他见自己送的锦旗仍摆在墙角里，便自作主张地挂在墙上。然后，他掏出手机来对它拍照。还所长笑问他：

"你这是干什么？可不能乱宣传啊。"

"哪里是宣传呀，只是传张图片给我女儿看一看。证明这锦旗的确是送到供电所来了，好让她安心学习啊。"

"老仓，我也有事求你呢。"

突然，还所长话锋一转，对他说道。

"啥事？尽管说。"

仓一彪急问道，这时，他眼里放出希望的光芒来。

"我想聘请你当我们供电所的行风监督员呢。"

"你说的是真是假？这时候我可没心情开玩笑。我已将你们供电所的一池清水都搅浑了，你们用谁都不会用我的。"

"老仓，我说的是真话。你对供电行业的规矩比一般人了解与熟悉，又热心于供电监督工作。我们想聘请你来当我们的行风监督员呢。我们真诚合作，共同将供电事业办好，做到群众满意。只是，请你注意一下工作方法，遇事先与我们商量，以解决问题为目的，以做好供电服务工作为宗旨。不能轻易地上访举报。对发现的问题，我们实行就事论事、就地解决。行吗？"

"行。"

仓一彪斩钉截铁地说道。

仓一彪与还所长两双手紧握在一起。这时，电工赵师傅进门来找还所长签字，仓一彪请赵师傅用自己的手机为他们两人照张相。赵师傅照完相发现，仓一彪的手机始终处于录音状态。

"老仓，你手机用得不熟练吧？瞧，你的手机一直在录音呢。"

"我的手机用得可熟练呢，我是有意录音的。"

"录给谁听？"

"就是我宝贝女儿啊。这一回，她应该相信她老爸诚心悔过的态度了吧！"

仓一彪不无得意地回答道。

五、第一书记责任大　龙口夺粮争分秒

人间五月，大地黄绿，绿的是树木花草，枝繁叶茂，堆砌出高高低低密不透风的树冠来；黄的是地里庄稼，经冬历春的小麦终于开始成熟。广阔的田野上麦浪翻滚，仿佛载歌载舞地迎接即将到来的丰收季。飞来飞去的布谷鸟日夜报着信儿：麦黄草枯，赶快收割。一支支饱满的麦穗陶醉在初夏的薰风里，彼此交头接耳，互相打听着一件事儿：麦子成熟了，何时收割呀？

李志高局长退居二线后仍闲不下来，他主动向组织提出申请去参加扶贫工作，于是，古都县供电公司派他前往花杨村任驻村第一书记。这几天，他很是兴奋。一夜之间，千亩良田由绿变黄，他为庄稼的长势深感震撼，花杨村即将迎来小麦大丰收，他由衷感到高兴。为了田野上能呈现出这派丰收的景象，李书记付出了很多，早在去年小麦播种的深秋时节，村民张宏原打算将自己的五亩地抛荒，让土地闲着，任其杂草丛生。张宏说自己的田地不适合生长小麦，即使吃苦受累地播下麦种，与人家一样地施肥，第二年的收获也远不及人家，能将化肥与麦种钱收回来就算不错了，因此他打算一年只种一季水稻。

李书记多次登上他家门，苦口婆心地做他的思想工作，直到他勉强答应再种一季小麦试一试。李书记与他一起到城里种子站挑选适合他家那块地的优良麦种，麦种钱还是李书记垫付的。张宏口头答应，收了小麦后，卖粮时还钱。在今春干旱的日子里，大片的麦苗刚刚复苏，急需喝水，田头却缺乏电源，抽水机就停在田头的小河边，近在咫尺，但没法工作起来。群众们都急坏了，张宏却与众不同，他并不着急，像个无赖似的，称自己的麦子是与李书记合伙种植的，即使遭受到损失，他至多承担一半的损失。李书记真是急了，他赶忙联系跃进镇供电所，向他们请求支援。供电所立刻派人架设临时电源线，为渴望喝水的麦苗降下大旱之甘霖。现在好了，辛劳的付出终于有了回报，眼下已经丰收在望，张宏也随之转变了态度，变得主动积极起来。

以前，人们说农民是靠天吃饭，如今还要加上一条，农民也靠农业机械吃饭。现在，一台收割机的工作量是过去一百位农民手工收割的工作量。自从实现了农业机械化，农民种田比过去轻松多了，他们大胆地让庄稼在地里长到十分成熟，达到粒粒饱满的状态，才开始下田收割。这样做的好处是收获更大，粮食的质量也更上一层楼。可是，也有不足之处，就是对农业机械的依赖程度更深了，农业机械已经成了农民不可或缺的农耕助手。农业机械是半年闲，大部分时间它们都闲置在仓库里，可一旦收获的日子到了，它们要马不停蹄，日夜奔走在四乡八镇的农田里，真的是养兵千日，用兵一时。收割机刚在这镇上收割完，就匆匆地赶往他镇去继续收割。村民们用手机相互联系，实现无缝对接，确保收割机处于不间断的工作状态。这时候是乡村里全民总动员的时刻，乡亲们万众一心地为夏收夏种忙碌。

本来，张宏已与邻镇正使用收割机的人家联系好，在第二天上午，收割机就开到他家田地里收割。第二天，张宏在田头一直盼望着收割机庞大的身影出现，直盼到傍晚。可张宏已经望眼欲穿，也未见到收割机的身影。张宏心急如火，打电话过去一问，收割机驾驶员郑师傅气呼呼地对他说："我们黎明就上路了，预计到你田头天刚亮呢。可是，运输环节出了大问题，人家高速公路让我们上路，却不让我们下来了，将我们堵在高速公路上一整天。人家说收割机超高违规，大件运输的手续不全，就这样干耗着，将白天的黄金时间给耽误了。下了高速公路，不出半小时就能到达你田头，可是收割机被卡在收费站呢。"

张宏听见这话，顿时火冒三丈，原来收割机已经来了，只是在家门口被拦截住，白白耽误了一天时间。他将这事与左邻右舍们一说，如干柴遇见烈火一般，顿时群情激愤起来。眼下，大伙儿是一条绳上系着的蚂蚱，一个紧挨着一个，联系在一起呢，张宏的下家以及下下家都在盼望着收割机及早到来呢，共同的利益驱使他们采取步调一致的行动。张宏把手一挥，对大伙儿说："走，到收费站去！当初，在我们村建这高速公路收费站时征用了我们的良田。他们口口声声说将来一定会惠及当地民生，照顾地方经济。原来，他们就是这样给我们实惠与照顾的呀！"

在张宏他们一群人去收费站交涉时，花杨村里，正召开村委会商讨对策，准备迎接另一位"不速之客"——雷雨天气。据县气象局天气预报：从明天早晨开始，连续三天有雨。这还了得！

俗话说：麦熟一晌，龙口争粮。小麦是一种极有个性的庄稼，它说成熟就成熟了，干脆得很。而且，小麦一旦成熟，就必须立刻开镰收割，时间稍长，麦穗就炸开了，麦粒就落到地里，导致减产。小麦成熟后，一旦遭遇连绵阴雨天气，麦粒就会霉变发芽，导致大幅减产。因此，麦子一旦成熟，农民就会没日没夜地在田地里抢收。自古以来，靠天吃饭的农民都是如此。现在好了，农民的思想观念已经转变，不再是人工去挥舞镰刀割麦，而是十拿九稳地依靠大型收割机去割麦，即便是在城里打工的农家子弟在这麦收季节里也不必赶回来割麦。但全村一千二百亩田地里的小麦同时成熟，面广量大，需要依次排队逐一收割。此时，村主任尚不清楚收割机被阻拦在高速公路上这件事。他想到的是，今晚，八九台收割机都开到花杨村，师傅愿意摸黑收割吗？他心中没有把握，据他所知，没有灯光照明，出于安全考虑，大型收割机是不能盲目工作的，至多是明天黎明时分开始下地干活儿，这师傅就算通情达理的了。

"赵主任，你村村民来我们收费站闹事啦，你管不管啊？"

忽然，赵主任接到一个电话，他的手机开着免提，会场上人们都听见了对方生气的控诉。赵主任问对方是怎么回事，让对方先讲清楚事情的缘由。

"你村村民张宏领头，带了七八个村民过来。他们要强行掰开收费站的闸口横杠，让收割机违规通行。"

"收割机已经到收费站啦？"

"早就到了。可他们不肯按规定办事，不想交费，一直拖延着呢。"

"不是说上面有政策吗？农忙期间打开绿色通道，收割机等一律免费放行的。"

"可他们手续不全，不符合免费放行条件。"

"我马上过去！"

"行，你赶快过来，否则，我就打110报警啦。"

"先别打，我一刻钟内赶到。"

常言道，强龙不压地头蛇。通常，收费站是给赵主任三分面子的，只是最近，由于跃进收费站业绩欠佳，员工们的绩效收入也跟着降下来。目前，他们正狠抓管理，要求做到应收尽收。眼下，收费员认为收割机超高，必须交费才能放行，谁来讲情都没用，这给赵主任当头一棒。

收费站口聚集了许多人，赵主任出面也不顶用，收费员坚持必须交费才能放行。眼前，虽然只有两辆收割机，可后面陆陆续续的还有许多辆收割机将要通过呢。现在正是收割机驾驶员的大忙季节，若是开了这个头儿，给这两辆收割机免费放行，那么后面的收割机一律都得免费放行。

正在双方僵持不下之际，突然停电了。顿时，收费站陷入一片黑暗之中，这下，收费员在岗亭里坐不住了，她走出岗亭来，给她的领导打电话，说明现场停电情况，请求领导火速派人过来恢复收费站口供电。可是不巧，今晚收费站的电工家里有事请假，一时半会儿来不了。她便要打电话向上级供电公司求援，这时，被赵主任制止了，赵主任说：

"别打电话了，供电公司的人远在天边近在眼前呢。"

收费员听了，将信将疑地问道：

"现场有供电公司的师傅？"

"有。我是老电工呢。"

李书记毛遂自荐地递上自己的电工证，她借着手电筒灯光，看清了李书记的红色电工证。收费员犹豫了一下，对他说：

"你愿意帮我们忙吗？"

"当然愿意。"

李书记爽快地答道，并要求她立刻带路去配电箱处检查故障。收费员听了，赶紧下来为他带路。

俗话说：难者不会，会者不难。李书记虽然多年不动手干电工活儿了，可他重操起旧业来依然是轻车熟路，只见，他轻巧地打开配电箱，先嗅到一股难闻的烧焦味道，拂去烟雾，凑近细瞧，很快，他查明原因，不一会儿，便就地解决了断电问题。

当收费站恢复至灯火通明时，收费员又回到自己的工作岗位，她一声不吭地按下按钮，横杠便大幅度地抬起手臂，让收割机轰隆隆地驶出收费站。

李书记诚恳地谢了她，可小姑娘又板起面孔，严肃地向他表示下不为例，她说这是自己擅自作主的，仅此一回，一旦领导知道了，她轻则要吃批评，重则会被扣钱的。李书记说那更要感谢她，她在大伙儿面前给足了他面子。然后，他转过身来，向张宏他们把手一挥，大伙儿满意地回自家地里忙收割了。

途中，赵主任向李书记表示感谢，他说两辆收割机的收费是小事，关键是大伙儿心里都不服气，双方都不愿认输，幸亏李书记一番熟练的电工活儿，赢得了收费站小姑娘的同情和理解，才化解了眼前的危机。李书记则谦虚地说："还是赵主任面子大，小姑娘只是借着停电的机会给自己找了个体面的台阶下来而已。"彼此客套一番后，他们又回到现实中来，眼下，四周一片漆黑，天上的星星与月亮都不见了，风雨正在步步紧逼的路上。赵主任一声叹息，对李书记说："收割机车灯不给力，司机看不清田里的坑坑洼洼与沟渠纵横，夜间作业没安全保障，收割机师傅怕是不肯摸黑干活儿呢。说实话，它停在收费站与停在田头没啥区别。"

"不就是缺乏田头照明吗？你别小瞧我，我可是'电老虎'！"

"这时，'电老虎'也不行啊，除非你还能插上一对翅膀，如虎添翼才行。即使你连夜往田头送去临时电源，可收割机一直在移动呢，你哪能跟着它一路照明呢？"

"有办法。现在，我们供电所里刚配备上无人机。如果让无人机飞到这里来，在空中跟随着收割机，一路为收割机照明，不就能连夜抢收了吗？"

张宏听了喜形于色，不等赵主任答话，他抢着向李书记竖起了大拇指，他佩服李书记每次遇到困难时，总能想出解决问题的好办法。李书记听了张宏的夸奖，便幽默地对张宏说："都是被你逼出来的，麦种钱还没给我呢。若是麦子烂在田里，收不回来，我这麦种钱不就竹篮打水一场空了！"

大伙儿听了，都笑了起来。在笑声中，张宏羞惭地低下头去。

收割机率先到达田地里，驾驶员将收割机停稳后，跳下车来，伸一伸懒腰，活动一下麻木的腿脚，然后，取出随车带来的食物，准备用餐。这时，村主任出现在他们面前，赵主任催促他们吃得快一些，吃完饭，立刻开工干活儿。郑师傅听了，惊讶地问他："你让我们摸黑儿干活儿？田地里活儿做不干净，收麦收个鬼剃头可别怨我们！还有，一旦收割机开到沟渠里被卡住进退两难时，你必须想办法帮我们弄出来。"

"你说了一大堆话，实际上，就是提一个要求：要求在明亮的灯光下干活儿吧？这好办，有无人机在你头顶上飞，一直为你引路照明。"

"此话当真？"

"现在是抢收的时候，谁有心思开玩笑？"

赵主任严肃地回答。郑师傅听了这话，他手里的筷子立刻快速动作起来。一会儿工夫，他们就将铝饭盒里的米饭扒了个底朝天。郑师傅开收割机收麦已有十多年了，这么多年里，他向来都是日出而作日落而息的，今晚他的老习惯要改一改了。为此，他很兴奋，他急于体验在无人机照明的情形下干活儿的真实感受。平心而论，面对这风雨欲来的天气，农民兄弟那满脸焦急的神色也深深地刺激着他。他也想挑灯夜战，夜以继日地干活儿，可大型农机的操作不容出现失误，一旦有了操作失误，引起的麻烦可大呢。曾经就有同行大胆地冒险摸黑干活儿，结果导致机翻人伤的事故。所以，做事沉稳的郑师傅早就为自己定下一条规矩：无论多忙都不会摸黑操作收割机。不过今晚，赵主任信誓旦旦地说要让他在明亮的无人机灯光下干活儿，这很新鲜，他愿意破例去试一试。

约半小时后，标有电力抢修车字样的黄皮卡开到收割机旁，车上下来俩人。其中一位郑师傅认识，就是刚才到高速公路上迎接他们的李书记，另一人他不熟悉。但见那人下车来手脚麻利地忙碌起来，一会儿，那师傅便将一架无人飞机放飞到天上，那无人飞机上还带着一盏大灯，一下子将收割机及周围很远的地方都照得亮堂堂的。无人机上垂下一根绳索，其实那是一根电缆。这根电缆将天上的无人飞机与黄皮卡上的发电机相连，为无人机上悬挂的电灯提供电源。李书记走近郑师傅，问他："电灯的亮度够不够？若是不够的话，再换一只一千瓦的灯泡都行。"

"够了，已经足够。"

郑师傅爽快地回答，他大步走到收割机的驾驶室旁，一把抓住扶手，纵身往上一跃，跳进驾驶室里。很快，收割机发动起来，轰隆隆地驶入张宏家麦田里开始收割。

麦收现场，就这么轻易地翻开了新的一页，前所未有的麦收新景出现了。庞然大物收割机是麦田里的主角，天上的无人机与伴行的皮卡车是两个配角。两个配角亦步亦趋地配合着主角，它们通力合作上演着一场麦收大戏。前方，成片的麦田正井然有序地排列进入收割机腹中。在收割机身后，收割机将经过"消化"的麦秆排出来，一捆捆地均匀摆放在刚收割完的麦田里。成熟的麦子已经顺利地与麦秆分离，从收割机侧面源源不断地进入粮袋。

司机师傅与麦田主人之间有一个默契，当收割机工作时，麦田主人须配合行事。此时，郑师傅坐在高高的驾驶室里，他看不出这块麦田与那块麦田的边界在哪里。他眼前待收的麦子长势喜人，互相连成一片，需要麦田主人在前面引导，将自家的麦田与邻居的麦田区分开来，防止收割机误收了邻居的麦子，引起纠纷。这时，张宏突然离开，郑师傅便急得喊叫起来：

"我看不清界限了，谁上前去引导啊？"

赵主任听了，就生气地骂起张宏来：

"这懒骨头又去哪儿了？这家伙种田不勤快，起哄闹事却浑身是劲儿！"

赵主任对张宏印象素来欠佳，他一直认为张宏是村里的刺儿头，村里有什么引起争议的事都少不了张宏的份儿。而村里倡导鼓励耕种的工作却总被张宏带头百般借口地拖延。这次，张宏本想少种一季麦子，任其田地荒芜，赵主任也不打算做他的动员工作，反正也是减少张宏自己的收入，可李书记坚持做张宏的思想工作，三番五次地登门动员他及时种麦。结果，这家伙还使歪心眼儿，竟然无理地套路李书记，让李书记个人为他垫资买麦种。现在好了，他对快到手的收成仍然不当回事，大概他认为这收获里有李书记的麦种钱呢。

李书记听见郑师傅的叫喊声，跑步上前去，快速地跑到收割机前面，站在张宏家麦田与邻居家麦田之间狭小的田埂上，他频频地挥舞双手，努力地理出一条分界线来，为郑师傅引路。

终于，张宏又回来了。他先到站在田头的赵主任那儿放下一样东西，然后，他走向李书记。在收割机的轰鸣声里，他大声向李书记致谢，并请李书记到赵主任那边去，他说赵主任请他过去商量事情呢。李书记听了，便向田头走去。

"太阳要从西边升起了，出怪事了。"李书记还未走近赵主任呢，远远地，赵主任便笑着对他说。李书记一头雾水，他不明白赵主任这番话的意思。待他走近时，赵主任又说："你知道张宏离开这儿去干啥了？他回家去将家里的一锅粥连着电饭锅一起端来了。他说李书记没吃晚饭呢，一直在地里为他麦收的事操劳，他过意不去，要请我们喝粥呢。我是沾你光，他可从未为我做过好事呢，今晚，这纪录被打破了。"

李书记刚从麦田里过来，脸上满是汗水，他在赵主任身边站定后，就借赵主任搭在肩上的毛巾擦汗。其间，赵主任为他盛了一碗粥，还为他敲了一只咸鸭蛋，仔细地剥掉咸鸭蛋的蛋壳。赵主任对张宏的好印象一旦生成，便一发不可收拾了，口里继续夸奖着张宏，说"这家伙其实挺会照顾人的，端了粥锅来，还特意配上咸鸭蛋。他家咸鸭蛋腌得真不错，蛋黄儿汪汪地冒油呢！"

天上没有一颗星星，大地一片漆黑，但张宏家麦田里却是一块收割的特区，这儿一片光明。左邻右舍们都自发地聚集到这里来，他们已在郑师傅那里排起预约的队伍，张宏的下一家以及下下家都有希望在下雨前完成麦收。但是，再往后去，就说不准了。无论麦子长得多好，纵使已经丰收在望，近在咫尺，这麦收是至关重要的最后环节，农民靠天吃饭的弱点，在这一环节上暴露无遗。其实，在自发聚集的人群中不仅有张宏的左邻右舍们，其他收割机的驾驶员也夹在人群中呢，他们也都是农民，眼看一场大雨将至，他们心里也十分着急。他们羡慕郑师傅头顶上有架无人机助他挑灯夜战，他们也希望自己的收割机上空有一架无人机为他们照亮。这时，有一位农民上前去，恳求李书记能否去再张罗两架无人机来，这样他家也就有希望在下雨前完成麦收作业了。

李书记明白大伙儿的心情，他安慰大家说：

"现在，我立刻联系供电所，争取将所里备用的一架无人机也调到麦收现场来解燃眉之急。"

　　跃进供电所率先配备两架无人机，是因为有一条一百万伏特高压输电线路过境的缘故。为了做好特高压输电线路的日常巡视工作，古都县供电公司重金购买两架无人机，用现代科技装备武装跃进供电所，希望他们将境内一百万伏输电线路的日常巡视工作做到万无一失。至于挪用无人机另派用场，这事过去从未发生过，李书记与秦所长磨破嘴皮，好不容易将一架无人机调到麦田来，也算是跃进供电所对李书记扶贫工作的大力支持了。而要将跃进供电所的家底掏空，将两架无人机都调到麦收现场来，李书记自己想着都产生了畏难情绪，他不好意思再向秦所长开口说这事。李书记心里明白，一百万伏特高压输电线路是工农业生产的大动脉，被供电人视为最高等级维护的黄金通道，容不得半点儿差错的，除非……

　　李书记将电话打到供电公司姜总手机上，向他说明麦收现场情况，请姜总裁定能否将两架无人机都派到麦收现场来。

　　姜总接到李书记电话后，他明白麦收现场十万火急的形势。姜总的父母也是农民，他是鲤鱼跃龙门从农村考出来的大学生，深知农民种粮不容易。千百年来，农民靠天吃饭的局面一直没有改变。姜总果断地同意李书记的请求，他亲自打电话给秦所长，希望他将两架无人机都派到麦收现场去，在非常时期安排全所员工加班对输电线路开展人工巡线。

　　可秦所长胆子不小，他接到姜总的电话后，虽然表面上毕恭毕敬，完全是一副下级服从上级的应有态度，但他的回答却是绵里藏针，暗含违抗之意。

　　"向您报告：另一架无人机有点儿问题，现在，我们正给这架无人机调试修复呢。”

“什么？我不问，它就没问题；我一问，它就有毛病了？”

“姜总，它确实有点儿问题，我们正加班处理呢。”秦所长无奈地说，可姜总一心想着抢收的事，他不客气地对秦所长下命令：“要不然，你们全所人员到现场去用镰刀帮助农民收割吧！”

“是。我们无论是派无人机还是派员工，都会立刻赶赴麦收现场。”

姜总的魄力有点野蛮意味，但是很管用，他一句话“排除”了无人机的故障，使秦所长发出紧急通知，要求全体人员加班巡查输电线路，同时，他将心爱的宝贝——第二架无人机又派到麦收现场去了。

当第二架无人机出现在田野上空时，现场群众发出一片欢呼，他们知道，随着第二架无人机的到来，麦收速度将提高一倍，原本排名靠后的群众，现在也有了下雨前完成自家麦收的希望。他们自发地行动起来，移走收割机前面的障碍物，引导收割机走近道驶向名单上排列的下家麦田。就在这时，意外发生了：有人碰瓷儿似的横躺在收割机前行的道路，说啥都不起身来让收割机通行，迫使收割机停了下来。

“你们不给我家收麦，就谁都不要收，大家一起挨雨！”

说这话的是村里王老爹，王老爹有四个儿子，目前，四个儿子都在外打工，没有返乡，他们将自己的田地都交给父亲一并打理。他们过度依赖农业机械，以为只要父亲在现场指点一下，多花点儿钱给人家，就能将小麦顺利收入袋中并运送到他们家。谁知，即将来临的大雨打乱了王老爹的如意算盘，他深知若不将丰收在望的粮食抢收回去，待儿子们回来，他就没法向他们交待。于是，他把心一横，耍起赖皮来，强行要求收割机先到他家的田地里去收割，否则收割机就别想从这里通过。

几位农民见状，都想上前去，大伙儿一起使劲将王老爹从地上抬起来，扔到旁边的田地里去。可是，谁也不敢带头这么干，他们深知：虽然王老爹年老力衰没有什么可怕的，可他不在现场的四个儿子威力大呢，他们是欺负人惯了的，谁敢欺负到他们头上呢！他的儿子们回来，搞起秋后算账来，谁都是吃不了兜着走的。

于是，众人都克制住自己，以十二分的真诚与耐心劝说王老爹从地上起来，有话好说，有事好商量。可王老爹一概不听，他只坚持一点：如果不答应他先去他家田地里收割，他便不起来。

"你这耽误了的工夫，已经够收割一亩田地的小麦了。"

有人对他吼叫，可王老爹像是没听见一样，依然置之不理。王老爹的做法虽然不占理，但大伙儿也只能劝到这份儿上，一旦过度的话，担心王老爹会爬起身不依不饶地纠缠住自己。这时，一位长者出主意说，赶快请李书记过来，或许李书记能劝说得动他。

俗话说，一把钥匙开一把锁，李书记这把钥匙，过去曾两次打开过王老爹这把锁。在李书记来村里扶贫当第一书记前，他们互相并不熟悉。李书记来村里后，通过摸排走访，掌握了王老爹独自一人在家照料大片农田的实际情况。李书记多次走访王老爹家，帮他整治家中年久失修的电线回路，一举消除了他家阴雨天漏电跳闸的多年顽症，赢得王老爹的信任。有一次，王老爹与邻里发生纠纷时，李书记劝说他们互相让一让，强调邻居好赛金宝。虽然都是听腻了的老话，若是换了别人对他这么说，准会被他戗上两句，可王老爹居然听了李书记的话，罕见地做出让步。看热闹的人们都说太阳要从西边升起了，王老爹大变样了。邻居们啧啧称奇，说他这个老顽固脑筋变活络了。不知这回，李书记这把钥匙能否同样地打开老顽固这把锁呢？

"老王啊，你怎么躺在地上啦？"

"收割机不去我家地里收割，我就不让它通行！"

"你起来！这么多台收割机呢，我保证它们当中有一辆是直奔你家麦田的。"

"不可能。他们说黑夜无灯，没照明的收割机不敢下田抢收。"

"我可是光明使者，我走到哪儿，哪儿就亮啦！"

"李书记，现在不是开玩笑的时候，谁都想着将自家快到手的粮食赶紧收回家。"

地上躺着的王老爹改变了姿势，他坐起身来，向李书记说出实话来，此举给足了李书记面子。但他不打算做实质性让步，仍然不肯让收割机通行。他认为李书记的话只起到安慰的作用，他心里清楚，就算李书记是供电公司派来的人，他可以给田头提供临时电源，提供农田抽水用电等。但现在收割机需要的是移动电源，电源要随着收割机在田地里来回奔跑。跃进镇仅有的两架无人机都派来了，此时，如不抓住其中一架为自己服务，抢收更待何时？精明的王老爹掏出一支烟来给自己点上，他要坚守在这里，不达目的不罢休。

在围观的人群里，赵奶奶家庭情况与王老爹大体相似。她的三个孩子也都在城里打工，在这麦收季节里，孩子们也都没有回来，全权委托母亲一人独自处理。赵奶奶也是李书记多次走访的对象，李书记几次上门去向赵奶奶嘘寒问暖。赵奶奶通情达理，给李书记留下了深刻的印象。两位老人家的不同之处是，赵奶奶遇事不吵不闹，她相信公家会同情她，力所能及地照顾她。现在，若是王老爹闹出个结果来，她自然也有份儿，李书记也会优先安排收割机到她家麦田去抢收的。

李书记暂时离开王老爹，他与赵主任俩人低声商量如何做好现场的群众工作。李书记请赵主任站出来讲几句话，稳定现场人心，告诉大家后续可能还会有无人机到达现场，支援抢收工作。供电公司的姜总正紧急联系多家单位，争取将所有可能联系上的巡线无人机统一组织到麦收现场。现在最重要的是，让现场可以工作的收割机尽快地工作起来，争分夺秒地开展麦收工作。

赵主任听了李书记的话，他退后一步，与李书记拉开一段距离，他不但不肯出面讲话，反而又建议李书记站出来说几句话，理由是群众不是小孩子，不能糊弄他们。眼下，唯有李书记讲话，群众才愿意听，现场的每一位群众都盼望着麦田上空能再出现几架无人机。

李书记的话真灵验，他正说着，奇迹就发生了。漆黑的天空中，在东南方向，那条通往麦田的机耕道所在位置上，突然出现了七八盏悬浮的电灯，电灯的位置忽高忽低地波动着，似在逐浪前行。电灯的身影越来越大，灯光愈来愈亮，它们从高处将大片麦田照亮。

现场群众们仰望着暗夜里的电灯，群情激奋地议论纷纷。灯光照亮了现场群众们的身影，同时，希望的光明也照亮了百姓的心头。现场所有的群众都有希望在下雨前抢收完自家小麦了。

被冷落的王老爹依然坐在地上，身子矮了半截，眼前人头攒动，遮挡住他的视线，使他看不清天空中究竟有几盏电灯。终于，他坐不住了，扔了手里的烟头，一骨碌爬起身来，与大伙儿一起观赏暗夜里的灯光。

"这电灯真亮！"

赵奶奶手指夜空中的电灯，由衷地赞叹。

"大家都靠边站，让出道来给电力抢修车通行！"

这时，现场气氛轻松了许多，赵主任适时地站了出来，指挥若定地维持着现场秩序。七八辆电力抢修车上发电机齐声轰鸣着，它们各自通过一根电缆给空中结伴的无人机照明供电，像是牵引着空中无人机前行似的。

现场群众们都满怀信心，在下雨前完成自家的麦收工作已不成问题。黑暗的天空中传来轰隆隆的雷声，他们听起来也不觉得恐怖了。甚至，他们感觉这轰隆隆的雷声有点像庆祝丰收年的锣鼓声呢！

六、民意难违鸿门宴　异口同声颂光明

　　乡村十月，金秋时节。田野上收获在望，人们心里欢乐无限。刘老板今年肯定又大赚一笔。他心里非常高兴，今年恰逢他六十岁生日，他准备大举庆祝一番。当日晚上，在他的农家小院里摆满了宴席桌子，请来四面好友、八方亲朋。大家开怀畅饮，热闹非凡。

　　李浩与刘老板非亲非故，只是工作上与他接触过一回，当时李浩替同事代班时恰逢同事负责的辖区内刘老板工厂断电，李浩便到现场去排除电路故障，然后恢复送电。这次，刘老板就专程到秦西供电所来，请李浩去他家喝酒。李浩本想推辞的，可李浩的女朋友却知道这事，她鼓励李浩接受对方邀请，说这是一次难得的与重要客户沟通交流的机会。而刘老板更是态度坚决，说李浩在他必请的客人名单上，若李浩不来吃这顿饭他下次就不按时缴纳电费。他竟将这次赴宴与缴电费关联起来。李浩只好恭敬不如从命，按时赴宴。

　　李浩在指定的桌旁入座后，他悄悄地打量了一下桌上的情况，发现周围都是陌生人，他一个也不认识。他父亲曾总结说，龙生龙，凤生凤，爷爷一辈子都在建变电站，他也大半辈子都从事变电工作，如今，李浩又走上了供电服务工作岗位。不过，李志高可没有轻视供电服务工作的意思。相反，他经常勉励李浩，供电优质服务前景广阔，做好农电服务工作可不是一件容易的事，这是供电公司最接地气的一项工作，直接与千家万户打交道，金杯银杯不如老百姓的口碑。他特别叮嘱李浩，优质服务无小事，一定要不遗余力地做好自己的本职工作。平常李浩都是早出晚归，往返城乡，开车上下班。因为秦西供电所所辖的乡镇企业很发达，用电方面的事情特多，除工作的八小时外，李浩还经常在乡亲们家里顺手帮忙修灯布线之类的小事。如今，他母亲也适应了，不再等他回来一家人聚齐后共进晚餐了。农民朋友们也非常热情好客。他帮人家亮了电灯，转了风扇。人家一高兴，就要留他吃饭，都是粗茶便饭的，都是乡亲他也不好意思推托，而且连续四五个小时工作，他肚里也确实饿了。年轻人面子薄，禁不起人家的诚意邀请，所以私下里，李浩承认自己是吃百家饭的。所长对这事是睁一只眼闭一只眼，既不提倡也不反对，毕竟这与向用户伸手拿卡要是有本质区别的。但像今天这样隆重的宴席，李浩还是头一回参加。心里多少有些紧张，希望桌上能遇到熟悉的人。可是，眼前一个人都不熟悉。一阵爆竹轰鸣声过后，接着是主人致开场白。然后，客人们开始边喝边聊。

　　"你是哪里人？"

　　"我是县城的。"

"以前没见过你，你是刘老板家亲戚吗？"

"不是的，我在供电所上班，天天都在这村里。"

"哎呦，我们还是同乡呢。我只顾赚钱，忙自己的事，眼生了你，敬酒，敬酒！"

"谢谢，可我没有酒量，不能喝酒。"李浩见对方郑重其事，遂也站起身来解释说。可对方不依不饶，继续说：

"你可一定要喝这杯酒，我要感谢你，你给我送过救命电呢。"

"你弄错了吧？没有这事啊。"

"肯定没错。你喝下这杯酒，我细细讲与你听。"这个赵老板说道。至此，李浩只好端起酒杯往下喝。他很想知道对方说的是啥事，年轻人都有好奇心，对听起来稀里糊涂的事总想打破砂锅问到底，心里才舒畅。其实李浩也是有一定酒量的，在战友聚会时他可是活跃分子，时常主动举杯"进攻"呢。只是在这陌生人群里他秉持谨慎态度罢了。只见，李浩一仰脸，便吞了满杯酒，杯里滴酒不剩，桌上人见他十分有诚意，响起一片热烈的掌声。接着，赵老板绘声绘色地讲起他用的救命电的故事来：

　　我是个老渔民，有多年的养鱼经验，每晚的天气预报是我必看的节目。俗话说：农民是靠天吃饭，其实我们养鱼人也靠天呢。老天一翻脸的话，一夜之间能让我们全赔光，所以我密切关注天气变化。那天晚上，天气预报说我们古都县将有一场阵雨。考虑到近一个多月都没下雨，而且深秋季节里昼夜温差较大，夜间气压偏低，若突然来一场雨，势必会造成鱼塘内严重缺氧，于是，我就开启了八台增氧泵，给鱼塘里的鱼儿增氧。当时，虽然是黑云压城城欲摧的形势，而我却胸有成竹，因为我心里清楚，只要我的增氧泵一直轰鸣着，我就天不怕地不怕。没想到，一个多小时后，八台增氧泵接二连三全部罢工了。鱼塘内外顿时陷入可怕的寂静之中。

这可如何是好？我的血压一下子升起来。我惊慌不已，焦急万分，立刻打着手电筒，跌跌撞撞地跑到电表总闸处查看究竟。俗话说：久病成医，我们这些用电大户，多年里一直离不开电，完全是靠电养鱼，对电的知识已略懂一二。鱼塘用电，都是裸露在露天野外，风吹雨打的，因潮湿漏电或风吹断线的常见故障我们也能处理。我很快发现是电流动作保护器跳闸了，电表也没了数字显示。我据此判断，应该是它的上一级，也就是村里的配电变压器跳闸了。我先拉开自家的保护器开关，随后，我赶紧给镇供电所打报修电话，向供电所师傅紧急求援。电话虽然打了，可我心里没多大把握。这深更半夜的，供电所师傅能及时赶来吗？我惊慌失措的表现也影响了我老伴，我将慌张的情绪传染给了她。她一直摸黑陪着我。当她听完我与供电所同志的通话后，她忧心忡忡地说，这深更半夜里，供电所师傅能接听你电话就已经不错了，哪能要求人家乘飞机似的立刻赶来呢？我没有答她的话，因为我与她想法一样，心里确实没把握。当时，我心里纠结得很，既幻想供电所师傅会神兵天降，但又清醒地认识到，这事不太可能发生。谁能料到这凌晨时分鱼塘会突然断电，还在这急需用电的节骨眼儿上啊？人家供电所师傅若是明天一早赶来也是合理的。当时，我就这样胡思乱想着。我没有坐以待毙，我与老伴立即实施第二套方案以自救。我们一起撑着船来到鱼塘中央，往四处水面上撒播增氧粉。

突然，搭建在塘边上的草棚里电灯亮了。难道来电啦？我连忙撑船靠岸，去试增氧泵。结果真的来电了。怎么回事？难道是我判断错误，村里的配电房里其实没有跳闸？当时，我是绝不会想到，你们供电所师傅能如此神速地赶来送电。只见两位电工师傅已经来到鱼塘边上，在查看我家的用电情况呢。一问才知道，他们已经去过了村里的配电房里，在那里恢复送电后才来到我家鱼塘边查看的。我当时真是好激动啊，真想将鱼塘里最肥的鱼儿捞几条上来送给他们，以表我的谢意。

面对我再三感谢的话，你们电工师傅却说，深更半夜的，就别光顾说客套话了，检查增氧泵工作情况要紧。他这一说，我倒是猛然想起了要做的正经事，连忙带领你们电工师傅一起检查其他七个鱼塘里增氧泵的工作情况。结果八台增氧泵中有七台在工作，有一台却是静悄悄的，像个贪睡的懒鬼似的，怎么也叫不醒它。一次次启动，它都无动于衷。经过一番检查，确认是这台增氧泵因漏电而导致了末端的保护器跳闸。我真是人老眼花了，黑暗中迟迟未认出它就是我在一星期前亲自动手修理过的那台增氧泵。当时，这台增氧泵烧坏了电线，我为它更换上了五六米长的新线。现在看来，肯定是我在做新旧线的接头时没有包扎严实，导致漏电情况发生。经我这么一提示，你们电工师傅果断地拿上工具和照明灯等工具，随我上船到鱼塘中央去排查水中的这台增氧泵上的电线。一会儿，他们就查找出在新接头处已经破损的地方。问题就出在这儿。师傅一面说，一面动手重新包扎这处接头。'电线接头的绝缘胶布一定要多裹几层，否则还可能出现漏电情况。一旦停电，对你们养殖户来说可谓是生死攸关啊。'师傅这话真是句句都说到我心坎儿上了。待一切停当后，师傅还很仔细地将这根电线绑在一根竹竿上，使它高高地竖起在水面上，避免接头处触水。

那天，我是凌晨四点才睡觉的。但这一觉睡得别提有多舒服了。我知道，无论老天怎样刮风下雨为难我，都有供电所师傅做我的坚强后盾，只要八台增氧泵一刻不停地卖力工作，我还怕啥？同时，我也做了个决定，就是待年底鱼塘里清塘卖鱼后，我一定要请你们供电所师傅到我家来做客，喝顿酒，表一表我的心意。今天，我且借花献佛，借我们刘老板的酒表达一番我的心情。

说完，赵老板将杯中酒一饮而尽。

"小李啊，你们也给我送过救命电，我也要谢你呢。"

赵老板说完，王老板登场了。他是养家禽的，当然，也是用电大户，经常与供电所打交道。李浩见如此阵势，预感不妙，打算趁现在头脑清醒，赶紧当起喝酒的"逃兵"来。于是，他说："各位老板，我只是供电所的一名新兵，还没有代表供电所的资格呢。再说，我们所长并没有授权与我，我仅能代表自己，恳请各位理解与体谅。"

众人见李浩文质彬彬地说话，情绪愈发高涨起来。王老板说："供电所同志可千万不能厚此薄彼，要一碗水端平。我敬一杯酒，你一定得喝，我救命电的故事比赵老板的故事还感人呢。赵老板养的鱼值钱，我养的鸡鸭的行情今年也很不错呢。"

"你是养鸭的？那鹅黄的小鸭，毛茸茸，软绵绵的，可爱得很，我小时候曾拿小鸭当宠物养呢。"李浩想起自己小时候养小鸭的故事。王老板听了他的话，就率先喝下酒去。

"人家小李没喝呢，你倒先喝啦。当心人家不认这账。"桌上有人笑着提醒他。

"不会的，你放心，我与小李已找到共同语言了，我们都喜欢养鸭。"

王老板很自信地回答那人的话。李浩见此情形，觉得自己若是不喝下这杯酒就说不过去了。他遂端起酒杯，向桌上各位打招呼说："这杯酒，我喝了。不过下面再有养鱼养鸭的老板与我喝酒，我是肯定不能奉陪了。"

"一定，一定，下面若再有养鱼养鸭的老板站起来，就免去与他们喝酒了。"

李浩在得到桌上诸位老板的保证后，就喝下了王老板这杯酒。然后，大家洗耳恭听起王老板的"救命电"的故事来：

虽说现在已是秋高气爽，可秋老虎的厉害不容忽视。这阵子，我们这里的气温居高不下，人都热得难受，我担心我那1500只小鸭会热得吃不消，就特意在鸭舍添置了六台排风扇，专门为它们降温。在六台排风扇同时工作的条件下，小鸭们有吃有喝有凉风，相互追逐嬉闹。可是，在毫无预兆的情况下，六台排风扇突然同时停工，鸭舍里顿时炸开了锅。小鸭们就像被瘟神驱赶着似的，在鸭舍里四处乱窜，徒劳地寻找凉快地方。它们不安地叫唤。见这情形，我就慌了神儿，真是怕啥就来啥，我怕小鸭会被热坏，所以专门安装了这排风扇。这电怎么突然地停了呢？我赶紧打电话到供电所。

"喂，是秦西供电所吗？我是山河村养殖场负责人王华，不知道什么原因，我的养殖场突然停电了，1500只小鸭热得吃不消了！你们能派人来看看吗？"

"别急，别急。请告诉我详细地址，我们马上派人来检查。"

"沿着302省道过来，在山河村的标牌处，拐弯上村级公路，车直开到底就是。"

"行，你就站在路边等着，我们15分钟赶到。"

放下电话后，我还将信将疑的，从供电所开车到我这里只用15分钟，这速度要多快呀，我有点不信。鸭舍里事儿多，那时我正往鸭舍里运送饲料呢。于是，我又去鸭舍里忙活了。

半小时后，我因不守信用被供电所师傅指责了。

"你答应我们在路口等的，为什么不去？"忽然，身后有人责问我，我回头一看，原来人家供电所的师傅已赶来了，我没在路口等他们，害得他们还走了点弯路，因此耽搁了时间。

"你们来得这么快？！"我惊讶地问道。

"你的鸭在焦急地盼望我们呢，快领我们到配电箱去！"

我立刻带领他们，大步向我家西山墙上悬挂配电箱的方向走去。这俩师傅真是好样的，人家很快找明原因：是家用保护器下桩头的铜铝氧化从而引起接触不良导致断电的。明白原委后，我心里打起了小算盘，说实话，办鸭场这么多年，我也算是半个电工了，对电工活儿以及相关知识，我多少也懂一些。眼下这保护器下桩头铜铝氧化引起接触不良导致断电的问题，可不在人家供电所的服务范围内，人家若是不肯出手相助的话，我也没办法。以前，也发生过这类问题，还是我到供电所向人家借来电工工具，自己动手弄了大半天才修好的。所以，当时我就有点儿紧张，担心人家不管，最后还要笨手笨脚的我干上大半天呢。

"虽然是客户自身用电原因导致的故障，不属于供电抢修范围，但考虑到1500只小鸭危在旦夕，所以我们决定义务帮你忙，你看行吗？"人家说道。

"当然行。"我用力地点头答应。

他们手脚麻利地拆下保护器开关下桩头的接线，除去氧化的部分，再换上崭新的铜铝线。半小时后，师傅合上保护器的开关，一次送电成功。养殖场的六台排风扇齐声欢唱起来。强劲的风啊，吹得小鸭们个个神清气爽，齐齐地迎风而立。小鸭身上的绒毛顿时服服帖帖的。小鸭们安静下来，享受着清凉。鸭群里焦躁不安的情绪已经随风消逝。而我心里，更是千斤石头落了地。我拉着供电所师傅的手，又是递烟，又是请喝茶，还要留他们中午喝顿酒。电工师傅接了个电话，原来是另一家养猪场里又停电了。他们在电话里答应人家，从我这里出发，径直到他那边养猪场去，半小时后到达。不打交道不知道，原来，人家供电所的师傅们是如此忙碌。我们大家养这养那的，齐奔小康，发家致富了，都扬扬得意地认为是自己劳苦功高运气好呢。其实，是供电所的师傅们一直在任劳任怨地帮助我们。

王老板的最后一句话，可说到了大伙儿心坎儿上。一桌人齐齐地站起身来，恭恭敬敬请小李喝一杯酒。这是小李始料不及的，面对这民意难违的场面，他只好站起身来，喝下这杯酒。今晚，他虽然多喝了点儿酒，但心里却感到特别的温暖与自豪。这场别具一格的爱岗敬业教育让李浩始料未及，同时，又心悦诚服。

"鱼老板、鸭老板的酒，都已喝了，现在，该轮到我了。供电所也给我送过救命电呢。"钱老板认真说道。

"救你什么命呀？你是干什么的？"

由于，先前已经约定，小李不再与"鱼老板""鸭老板"喝酒了。因此，桌上就有义务审查员主动查问那人的身份与他的项目。

"我开了家原野菌业有限公司。说白了，我是种菌菇的。我的菌菇生长对温度的要求很高，这一停电，空调就不能运转，车间里的温度立刻就升高，菌菇产量就要大打折扣，而且，菌菇的品质就大大降低，至多是三级菇了。那天停电啊，多亏了供电所师傅及时赶到，帮了我的大忙……"

钱老板话未说完，就被他人打断了。

"这不算，人家小李已经招呼在先。这类型的敬酒一概免喝了。"

"不对，人家小李说的是'下面再有养鱼养鸭的老板与我喝酒，我是肯定不能奉陪了'，可我是种菌菇的。不属同一个类型，它们一个是动物，一个是植物，你们可要分清楚。"

钱老板据理力争。

"那小李你说呢？"

大家都征求李浩的意见。李浩真是左右为难，他既不想得罪眼前的乡亲们，又不愿多喝酒。好在这时，他们敬酒人的群体内部产生了分歧，老还大声反驳说："你们都是矫情，是小题大做，虚张声势。你们用的电哪里是救命电，充其量只是减少些经济损失罢了，而我用的电才是真正的救命电呢！"老还是一位地道的农民，他说话向来是粗声大气的。他的话语将大家都镇住了，谁也不知道他说的是怎么回事。李浩也想听个明白。

"给李师傅杯中倒满酒。"老还命令李浩的近邻说。

李浩也没有阻拦，算是默认。待一切顺利停当后，老还便深情地讲述起他的救命电故事来：

　　我母亲刚从市一院住院回来，在家里需用呼吸机，医生叮嘱：病人病情尚未稳定，人机是不能分离的，呼吸机不可停机。这天夜里22时20分，我家突然停电，我第一反应是我母亲的呼吸机停止工作了，但是我自己不能变出电来。我急忙向供电所打电话：供电所同志吗？我是梅花村还一同家，我家突然停电了。我母亲患病在家，需要用呼吸机，麻烦你们赶快过来。然后，我就到门口去，焦急地等待供电所来人。

　　10分钟后，一道雪亮的灯光照亮我家门口。当时，外面正下着大雨呢，灯光里，密密麻麻的雨线笔直地从天而下，乱箭一般前赴后继。人家供电所的师傅驾着私家车来的。一问才知道，供电所的电力工程车正在孙徐村参加故障抢修呢，听说我家的急事后，他们就十万火急地开着自己的私家车来了。师傅跳下车后，也顾不得撑开雨伞就迅速地跑进屋来，投入抢修工作中。

　　他们很快查明，是电表下的那一段导线上有故障，但这段线是暗线埋在墙体里呢，估计是暗线年久老化，烧毁所致。

　　"老还，现在破墙换线不现实，大半夜里机器震动声也扰民。况且，家里的病人也离不开呼吸机，呼吸机停止工作的时间越久，病人的危险就越大啊。我看这样吧，咱俩先在墙外铺设明线，接通临时电源，等明天一早再给你重新铺线。"

　　"行。"

确定方案后，他们立刻行动起来，从车上取下预备的导线驾轻就熟地连接。15分钟后，一根生命的连接线就接通了。

"邵一凡，送电！"师傅对小邵说，邵一凡轻轻推上家用保护器，合闸成功，室内电灯亮了起来，呼吸机也立刻恢复工作状态。病人的呼吸渐渐地均匀平稳下来。在场人见此情形都松了一口气，我拉着师傅们的手，不停地向他们道谢，他们救了我母亲的命啊！

"只要病人平安就好。用户是上帝，我们会竭诚为你服务，不遗余力。"师傅一边抹着额头上的雨水，一边对我说。

"我当时好感动啊！这杯酒，你意思一下，我将它喝掉。"

说着，老还将杯中酒一饮而尽。老还这救命电故事，李浩听了也是心服口服，喝下这杯酒，自然不在话下。如此三番五次，李浩真的喝多了。

李浩酒喝多了，量变导致质变，他喝酒的风格也起了变化，开始显露出英雄少年的本色来，他从被动应付变为主动敬酒了。而且，他也从听人家讲故事变为自己讲故事给大家听了。往来敬酒的频率明显加快。年轻人好胜心强的特点显露出来了。他在供电所工作虽然才六年多，可肚里装着的供电服务故事已积累了不少。他就顺着大家的兴趣，讲起他所熟悉的关于用电的趣闻逸事来。他也学着大家的做法，以其人之道还治其人之身。在开讲之前，他先要求大家将自己面前的酒杯倒满。这下，李浩喝酒不用他们费劲劝说了，大家愉快地将自己的杯中倒满酒，然后，李浩自称王婆卖瓜地说起自己肚里的供电故事来：

8月的一天，家住南长村的百岁老人林张氏，对前去看望她的村党支部书记周月平这么说："我今年活到102岁了。别人吹牛说我走过的桥比你走过的路多。但对我而言，却不是吹牛，是大实话。我这一辈子里遇到的人和事，确实是太多了，但仔细想一想，你们供电师傅真是好人啊！今年夏天，是我所遇见过的最热的夏天，如果不是供电所师傅们忙前忙后地帮我复电，我怕是要热死在屋里了。"

老人家绝对是真心诚意地夸奖我们电工。美意延年这话不假，值得我们学习，百岁老人仍然怀着一颗感恩之心，一直记住别人的好处。事情已经过去多日了，在村支书去她家走访时，她还记着这事，在村支书面前夸奖电工呢。

林张氏的儿子林飞常年在外打工，至今家中也没有安装空调，老人孤身一人住在低矮的老屋里。在这盛夏里，她就以一台老旧的电风扇消暑。这天，供电所专项检查辖区内孤寡老人的安全用电情况。在林奶奶家，电工徐志高检查她厨房里低压电路时，发现有一个开关内部接触不良，随即为其修理开关，解决了问题。这时，一旁的林奶奶又反映，她卧室里的电风扇也有问题，以前三个档位可以选择使用，现在只剩一个档位能用。一旦打开风扇，一档的风特别大，蚊帐都压不住边脚，随风乱舞，很不方便，还容易被吹感冒。所以再热，她也不愿意打开这旧风扇了。徐志高听了，便随她进入卧室，拆开电扇外壳，检查内部接线情况。他发现是因为电扇使用时间较长，两个档位线路焊头松动了。他随即取出随身携带的电烙铁，将另两档位的线路焊接起来。一会儿就完工了，林奶奶一试，电风扇的三个档位又能自由选择了。林奶奶乐了，她连声致谢，说他们帮了她大忙。虽然她的孩子们不在身边，但这些供电师傅就像她的亲人一样，定期上门帮她检查维修电路，让她能够安享晚年，用上幸福电。林奶奶对电工的感激之情溢于言表，老人家这感恩的好心态，也许是她延年益寿的秘诀呢。

"对，对，美意延年嘛。好心情当然是长寿的法宝，喝酒！"村里文化人的代表陈老师附和说，他被桌上热烈的气氛所感染，平时不爱劝酒的他，今日也破天荒地凑起热闹来。而且，自己也端起酒杯来做表率。

"别喝啦！"

就在大家举杯之际，在李浩身后忽有人大喝一声。大伙吃了一惊，回头一瞧，原来是刘老板的二女儿刘英不知何时站到李浩的身后。她为何如此霸道地阻止李浩喝酒呢？她突然出现并横加干涉的态度，令大伙儿深感意外。

李浩回过头来，见着刘英如遇救星一般。

"有救了，有救了！"

李浩连声说道。

"你们都是小李的长辈，怎能做出欺负晚辈的事来呢？你们彼此熟悉，合伙欺负供电所来的小李一人，有意思吗？"

刘英姑娘素来伶牙俐齿，这在当地是出了名的。她一旦激动起来，周围人都让她三分。现在，她就有点激动了，熟悉她的长辈们知道，麻烦来了，这事不好处理。俗话说：解铃还须系铃人，还是李浩的一番话，才算挽留住桌上众人的面子。

"不能怪大家，只能怪我自己酒量小，不能奉陪大家。今晚，我非常开心，我听到了许多好故事，这是拿钱也买不来的、金子都换不到的真心话。我再次感谢大家！"

李浩的一番话引起大家的热烈鼓掌。这桌上如此热闹，引得东篱西席上的人们都向这边张望。有人说，供电所小李师傅与大家聊得投机呢，而知道内幕消息的人则干脆把话说明了，这是刘老板的新姑爷在展示好口才呢。

"你哪能喝下这么多酒呢？"刘英低声问他。

"今晚，这话题讨论太捧我了，他们都说电工师傅送过救急电，还将我当作电工代表，大伙儿都感谢我呢！这酒能不喝吗？其实啊，大家真正要感谢的是党和政府带领我们百姓奔小康，走致富路。尤其庆幸的是，我们遇上了改革开放新时代的到来，国家不断改善民生，持续发力电网建设，大家才能用电无忧，生活才像芝麻开花节节高。"李浩兴奋地说。他有个与众不同的特点，酒喝得越多，说话越利索。熟悉他的人都知道，若是李浩在餐桌上口若悬河的话，那么，他起码有半斤酒下肚了，至此，他喝酒的潜力都已发挥到极致了。刘英已掌握他这一特点，根据他现在的表现，知道不能让他再喝了。

"说得好，大家鼓掌！接下来，谁不服气的，就跟我来喝！"

刘英带头鼓掌，然后，她顺势将袖子往上一挽，像要大干一场似的。她这旗帜鲜明地偏袒小李的态度，裹挟着一股威风凛凛的气势。其实，大家都已喝了不少酒，已属于强弩之末，谁敢贸然再与新对手较量呢！

"酒就不喝了，你跟我们说一说，你怎么认识小李的？这么优秀的年轻人，可是打着灯笼也难找的。"赵老板的女儿也待字闺中，他特别关心年轻人找对象的具体情况。

"你将酒喝了，我详细说给你听。"刘英转以柔和的语气对赵老板说。此时，她就抓住机会，要赵老板将酒喝了。

"赵老板酒也喝多了，别为难他。英子，你不是在城里加班的吗？"刘老板被这桌上的热闹吸引过来，他及时赶来为赵老板解围说。

"一下班我就赶回来了。幸亏我及时赶回来，否则他们欺负人家小李太甚，不知要欺负到何等程度呢！"刘英向她爸爸告状。

"这样吧，你送小李先走一步，我们老哥们儿继续开心喝酒。"

刘老板见多识广，心里已明白了眼前是怎么一回事。以前，刘英也没告诉他关于她与李浩恋爱的事。在他为这次生日筹划需请哪些客人时，刘英在一旁替他参谋，她别有用心地将供电所李浩列入重点客人的名单上。当时，他还真的以为是她要感谢人家小李雨夜送电的事呢。原来，姑娘是巧藏爱心，另有考虑。

刘老板佩服女儿的好眼力，找了这么一位如意郎君，今天真是双喜临门的好日子。接下来，刘老板亲自上阵，陪大伙儿喝酒。这酒喝得就甭提多畅快了，真是：

酒逢喜事千杯少，九天银河一泻空。